AF561485

Српско-француски разговори

be-Français)

ПОГРЕШКЕ:

на стр. 117 наштампано **Predre**, треба **Prendre**

А

ЊИЖАРЕ

17, rue Cujas

PARIS

ПАРИЗ 1916 ГОД

Српско-француски разговори

(Manuel de Conversation Serbe-Français)

од

ДИВНЕ ВЕКОВИЋА

ИЗДАЊЕ РУСКО-ФРАНЦУСКЕ КЊИЖАРЕ

Librairie Russe et Française, L. Rodstein, 17, rue Cujas

PARIS

ПАРИЗ 1916 ГОД

Пишући ову књижицу, једина ми је намира била, да послужим бар мало мојој браћи србима, како би се они што лакше упознали с француским језиком.

Само је у изговору врло тешко превести француске тако зване полугласове, као: *e* muet, *eu*, *œu*, и *u*. Мислила сам, да се три прва могу превести са нашим *e*, а последњи са српским *u*. Тачан изговор тих полугласова може се постићи тек дужом вежбом француског језика. Тај сам изговор објаснила у мојој граматици, издање исте књижаре.

Молим све, који се буду служили овом књижицом, да ми опросте ако буде остала каква погрешка, и да ми је назначе. Исто тако молим, да ми се покажу речи и реченице које би овде најнужније биле. Старала сам се, да будем што више практичнија.

Д. В.

Породица (фамилија)	La famille	ла фамиј
Име	le nom	ле ном
Отац	le père	ле пер
Мати	la mère	ла мер
Брат	le frère	ле фрер
Сестра	la sœur	ла сер
Син	le fils	ле фис
Кћер, девојка	la fille	ла фиј
Стриц, ујак, тетак	l'oncle	л'онкл
Тетка, стрина, ујна	la tante	ла тант
Братанац, сестрић	le neveu	ле нове
Братаница, сестричина	la nièce	ла ниес
Рођак	le cousin	ле кузен
Рођака	la cousine	ла кузин
Деда	le grand-père	ле гран-пер
Баба	la grand'mère	ла гран-мер
Снаха	la bru	ла бри
Ташта, свекрва	la belle-mère	ла бел-мер

Жена	la femme	ла фам
Вереник	le fiancé	ле фиансе
Вереница	la fiancée	ла фиансе
Кум	le parrain	ле парен
Кума	la marraine	ла марен
Свадба	le mariage	ле мариаж
Крштење	le baptême	ле батем
Удовац	le veuf	ле веф
Удовица	la veuve	ла вев
Наследник	l'héritier	л'еритије
Како се ви зовете?	comment vous appelez-vous?	коман ву-з'апле ву
Ваше име?	quel est votre nom?	кел е вотр ном
Како се зове ваш отац?	comment s'appelle votre père?	коман с'апел вотр пер
Колико му је година?	quel âge a-t-il?	кел аж а-т-ил
Које је ваше занимање?	quel emploi avez-vous?	кел амплуа аве-ву
Шта радите?	que faites-vous?	ке фет-ву
Где сте рођени?	où êtes-vous né?	у ет-ву не
Које године?	en quelle année?	ан кел ане
Јесте ли жењени?	êtes-vous marié?	ет-ву марије
Имате ли деце?	avez-vous des enfants?	аве-ву де-з-анфан
Колико имате година?	quel âge avez-vous?	кел аж аве-ву

Од куда долазите?	d'où venez-vous?	д'у вене-ву
Ко сте ви?	qui êtes-vous?	ки ет-ву
Имате ли браће?	avez-vous des frères?	аве-ву де фрер
Шта они раде?	que font-ils?	ке фон-т-ил

У друштву	**En société**	**ан сосиете**
Јест. — Не	oui. — non.	уи. — нон
Добар дан, Господине	bonjour monsieur	бонжур мосие
Добар дан, Госпођо	bonjour madame	бонжур мадам
Добар дан, Госпођице	bonjour mademoiselle	бонжун мадмуазел
Добро вече	bonsoir	бонсуар
Лаку ноћ	bonne nuit	бон нии
Како сте?	comment allez-vous?	коман-т-але-ву
Велика хвала	merci beaucoup	мерси боку
Врло добро	très bien	тре бијен
Ја се не осећам баш најбоље	je ne suis pas très bien	же не сии па тре бијен
Боље ми је	je suis mieux	же сии мие
Ја сам срећан што вас видим	je suis heureux de vous voir	же сии ере де ву вуар

Како је ваша мајка?	comment va votre mère?	соман ва вотр мер
Ја мислим ићи на село	je pense aller à la campagne	же панс але а ла кампањ
Ја сам много уморан	je suis très fatigué	же сюи тре фатиге
Кад полазите?	quand partez vous?	кан парте-ву
Сутра	demain	демен
Данас	aujourd'hui	ожурдуи
У који сат?	à quelle heure?	а кел ер
Полазите ли железницом?	partez-vous par le train?	парте-ву пар ле трен
До виђења	au revoir	о ревуар
Срећан пут	bon voyage	бон вујаж
Ви сте много љубазни	vous êtes très aimable	ву-з-ет тре-з-емабл
Клањам се	je vous salue	же ву сали
Лепо је време	il fait beau temps	ил фе бо тан
Ружно време	mauvais temps	move тан
Топло је	il fait chaud	ил фе шо
Хладно је	il fait froid	ил фе фруа
Киша пада	il pleut	ил пле
Снег ће да падне	il va neiger	ил ва неже
Имате ли овде одношаја?	avez-vous des relations ici?	аве ву де реласион иси
Имам неколико пријатеља	j'ai quelques amis	ж'е келк-з-ами
Не, ја никог не познајем	non, je ne connais personne	нон, же не коне персон

Како налазите нашу варош?	comment trouvez-vous notre ville?	коман труве-ву нотр вил
То је величанствена варош	c'est une ville superbe	с'е-т-ин вил сиперб
Како се зовете?	comment vous appelez-vous?	коман ву-з-апеле-ву
Ја се зовем...	je m'appelle...	же м'апел
Ја сам чиновник	je suis employé	же сии амплуаје
трговац	commerçant	комерсан
студент, ђак	étudiant	етидијан
учитељ	instituteur	енстититер
свештеник	prêtre	претр
уметник	artiste	артист
Представљам вам мог оца	je vous présente mon père	же ву презант мон пер
мог брата	mon frère	мон фрер
моју сестру	ma sœur	ма сер
моју жену	ma femme	ма фам
Ја вас не разумем, говорите лакше, молим вас	je ne vous comprends pas, parlez plus doucement, s'il vous plaît	Же не ву компран па, парле пли дусман, с'ил ву пле

Храна	**Aliments**	**алиман**
Вода	l'eau	л'о
Хлеб	le pain	ле пен
Месо	la viande	ла вијанд
Пиво	la bière	ла бијер
Црно вино	le vin rouge	ле вен руж
Бело вино	le vin blanc	ле вен блан
Говеђина	le bœuf	ле беф
Овчевина	le mouton	ле мутон
Телетина	le veau	ле во
Печење	le rôti	ле роти

ДИВЉАЧ	LE GIBIER	ЛЕ ЖИБИЈЕ
Зец	le lièvre	ле лијевр
Питоми зец	le lapin	ле лапен
Дивља свиња	le sanglier	ле санглије
Јеребица	la perdrix	ла пердри
Дрозак	la grive	ла грив
Голуб	le pigeon	ле пижон

Патак	le canard	ле канар
Гуска	l'oie	л'уа
Ћурка	la dinde	ла денд
Кокошка	la poule	ла пул
Свињетина	le porc	ле пор
Сланина	le lard	ле лар
Шунка	le jambon	ле жамбон
Салама	le saucisson	ле сосисон
Кобасица (крвавица)	le boudin	ле буден
Суво месо	la viande fumée	ла вијанд фиме
ЗЕЉЕ	LES LÉGUMES	ЛЕ ЛЕГИМ
Кромпир	la pomme de terre	ла пом-де-тер
Тучени кромпир (пире)	la purée de pomme de terre	ла пире де пом-де-тер
Пасуљ	les haricots	ле арико
Леһа	les lentilles	ле лантиј
Грашак	les petits-pois	ле пети пуа
Махуне (боранија)	les haricots verts	ле арико вер
Купус	le chou	ле шу
Кисели купус	la choucroute	ла шукрут

Цветни купус (карфиол)	le chou-fleur	ле шу-флер
Цвекло	la betterave	ла бетрав
Шаргарепа	la carotte	ла карот
Печурка	le champignon	ле шампињон
Краставац	le concombre	ле конкомб́р
Диња	le melon	ле мелон
Патлиџан	la tomate	ла томат
Слатка репа	le navet	ле наве
Спанаћ	les épinards	ле-з-епинар
Пуриљ (прази лук)	le poireau	ле пуаро
Кромид (црни лук)	l'oignon	л'оњон
Бели лук	l'ail	л'ај

ВОЋЕ	LES FRUITS	ЛЕ ФРИИ
Јабука	la pomme	ла пом
Крушка	la poire	ла пуар
Бресква	la pêche	ла пеш
Кајсија	l'abricot	л'абрико
Шљива	la prune	ла прин
Трешња	la cerise	ла сериз

Грожђе	le raisin	ле резен
Малина	la framboise	ла фрамбуаз
Јагода	la fraise	ла фрез
Смоква	la figue	ла фиг
Орах	la noix	ла нуа
Лешник	la noisette	ла нуазет
Коштан	la châtaigne	ла шатењ
Неранџа	l'orange	л'оранж
Лимун	le citron	ле ситрон
Жутошљива	la mirabelle	ла мирабел
Белошљива	la reine claude	ла рен клод
РИБА	LE POISSON	ЛЕ ПУАСОН
Шаран	la carpe	ла карп
Лосос	le saumon	ле сомон
Пастрмка	la truite	ла трилт
Јегуља	l'anguille	л'ангиј
Колач	le gâteau	ле гато
Шећер	le sucre	ле сикр
Со	le sel	ле сел

Бибер	le poivre	ле пуавр
Сирће	le vinaigre	ле винегр
Уље (зејтин)	l'huile	л'уил
Брашно	la farine	ла фарин
Масло	le beurre	ле бер
Млеко	le lait	ле ле
Кајмак	la crème	ла крем
Кафа	le café	ле кафе
Чај	le thé	ле те
Ракија	l'eau-de-vie	л'о-де-ви
Мед	le miel	ле мијел

Прибор — Le couvert — ле кувер

Сто (астал)	la table	ла табл
Чаршав	la nappe	ла нап
Марама	la serviette	ла сервијет
Тањири	les assiettes	ле-з-асијет
Чаша	le verre	ле вер
Стакло	la carafe	ла караф

Нож	le couteau	ле куто
Виљушка	la fourchette	ла фуршет
Кашика (ложица)	la cuillère	ла кијер
Чинија	le plat	ле пла
Варјача	la louche	ла луш
Уљаница	l'huilier	л'иилије
Слачица	la moutarde	ла мутард
Сланик	la salière	ла салијер
Кутија за шећер	le sucrier	ле сикрије

Путовање	**Le voyage**	**ле вуајаж**
Друм (колски пут)	la route carrosable	ла рут каросабл
Пут	le chemin	ле шемен
Стаза	le sentier	ле сантије
Пруга (железница)	la ligne	ла лињ
Воз	le train	ле трен
Брзи воз	le train rapide	ле трен рапид
Спори воз	le train omnibus	ле трен омнибис
Чекаоница	la salle d'attente	ла сал д'атант

1e класе	1e classe	премијер (1e) клас
2e класе	2e classe	дезијем (2e) клас
3e класе	3e classe	труазијем (3e) клас
Пртљаг	le bagage	ле багаж
Протоколисање	l'enregistrement	л'анрежистрман
Билет	le billet	ле бијо
Лађа	le bateau	ле бато
Кабина	la cabine	ла кабин
Пасош	le passeport	ле паспор
Дим	la fumée	ла фиме
Угаљ	le charbon	ле шарбон
Тунел	le tunnel	ле тинел
Завеса	le rideau	ле ридо
Светлост	la lumière	ла лимијер
Ветар	le vent	ле ван
Талас	la vague	ла ваг
Димњак	la cheminée	ла шемине
Кеј (пристаниште)	le quai	ле ке
Океан	l'océan	л'осеан
Море	la mer	ла мер
Бура	la tempête	ла тампет

Магла	le brouillard	ле бруjар

Одлазак	Le départ	ле депар
a) железницом	a) par le chemin de fer	a) пар ле шемен де фер
Гарсон, спремите моје ствари	garçon, préparez mes affaires	гарсон, препаре ме-з-афер
Гарсон, спремите мој рачун	garçon, préparez ma note	гарсон, препаре ма нот
Полазим у ... сати	je pars à ... heures	же пар а ... ер
Позовите кола	appelez une voiture	апеле-з-ин вуатир
Поведите ме до станице ...	conduisez-moi à la gare de ...	кондиизе-муа а ла гар де...
Путник	le voyageur	ле вуаjажер
Чиновници	les employés	ле-з- амплуаjе
Дајте ми један билет од ... класе	donnez-moi un billet ... de classe	доне-муа ан биjе де ... клас
Један билет до ...	un billet jusqu'à ...	ан биjе жиск'а ...
Билет але-ретур	un billet aller et retour	ан биjе але-с-ретур
b) лађом	b) par le bateau	b) пар ле бато
У који сат полази лађа?	à quelle heure part le bateau?	а кел ер пар ле бато

Која је цена превозу?	quel est le prix de la traversée?	кел е ле при де ла траверсе
Колико треба времена до...	combien de temps faut il pour arriver à...?	комбијен де тан фо-т-ил пур риве а...
Која је идућа лађа за...?	quel est le prochain bateau pour...?	кел е ле прошен бато пур...
Који је број моје кабине?	quel est le numéro de ma cabine?	Кел е ле нимеро де ма кабин
Хоћемо ли имати мирни прелаз?	aurons-nous une bonne traversée?	Орон-ну ин бон траверсе
Море је тихо	la mer est calme	ла мер е калм
Море је мало бурно	la mer est un peu agitée	ла мер е ан пе ажите
Мени се тужи	j'ai le mal de mer	ж'е ле мал де мер
Гарсон, дајте ми једну столицу	garçon, donnez-moi une chaise	гарсон, доне-муа ин шез
Дајте ми један лавор	donnez-moi une cuvette	доне-муа ин кивет
Хоћу да сиђем у кабину	je veux descendre dans ma cabine	же ве десандр дан ма кабин
Осећам се мало боље	je me sens un peu mieux	же ме сан ан пе мие
Кад стижемо?	quand arrivons-nous?	кан аривон-ну
Где је капетан?	où est le capitaine?	у е ле капитен

Спремајте пртљаг	préparez vos bagages	препаре во багаж
Покажите билете	montrez vos billets	монтре во бије
Сиђите у чамце	descendez dans les barques	десанде дан ле барк
Стигли смо	nous sommes arrivés	пу сом-з-ариве
Пристаниште	le port	ле пор

Долазак	L'arrivée	л'ариве
Како се зове ова станица?	comment s'appelle cette station?	коман с'апел сет стасион
Носач!	porteur!	портер
Где је царинара?	où se trouve la douane?	у се трув ла дуан
Отворите ваш сандук	ouvrez votre malle	увре вотр мал
Отворите ваш куфер	ouvrez votre valise	увре вотр education
Имате ли што да пријавите?	avez-vous quelque chose à déclarer?	аве-ву келке шоз а деклäре
Ту има само ствари за моју личну употребу	je n'ai que des objets à mon propre usage	же н'е ке де-з-обже а мон пропр изаж
Треба платити за ово	il faut payer pour ceci	ил фо пеје пур сеси
Колико?	combien?	комбијен

Ја имам само српски новац и француски	je n'ai que de l'argent serbe et français	же н'е ке де л'аржан серб е франсе
Носач, тражите ми једна кола	porteur, cherchez une voiture	портер, шерше ин вуатир

Кола	**Voitures**	**вуатир**
Кочијаш!	cocher !	коше
Возите нас у улицу ...	conduisez-nous rue ...	кондиизе-ну ри ...
Ја нисам слободан	je ne suis pas libre	же не сии па либр
Колико на сат ?	que comptez-vous l'heure ?	ке конте-ву л'ер
То је скупо	c'est cher	с'е шер
Узимљомо вас на сат	nous vous prenons à l'heure	ну ву пренон а л'ер
Идите све право	allez tout droit	але ту друа
Зауставите се	arrêtez	арете
Ми силазимо	nous descendons	ну десандон
Ми се одмах враћамо	nous revenons de suite	ну ревенон де сиит
Чекајте	attendez	атанде
Повезите нас у хотел ...	conduisez-nous à l'hôtel ...	кондиизе-ну а л'отел ...

Хотел	L'hôtel	л'отел
Хтео бих једну собу	je voudrais une chambre	је вудре-з-ин шамбр
са једном постељом	à un lit	а ан ли
са две постеље	à deux lits	а де ли
На који спрат?	à quel étage?	а кел етаж
Шта то кошта дневно?	que comptez-vous par jour?	ке конте-ву пар жур
То је скупо	c'est un peu cher	с'е-т-ан пе шер
Хтео бих једну собу	je voudrais une chambre	же вудре ин шамбр
већу	plus grande	пли гранд
мању	plus petite	пли петит
проветренију	plus aérée	пли-з-аере
осветљенију	plus éclairée	пли-з-еклере
Шта рачунате за	que comptez-vous le	ке конте-ву
доручак?	petit déjeûner?	ле пети дежене
а за ручак?	le déjeûner de midi?	ле дежене де миди
Ја узимам ову собу	je prends cette chambre	же пран сет шамбр
Изнесите ми ствари	montez mes affaires	монте ме-з-афер
Очеткајте ми хаљине	brossez mes effets	бросе ме-з-ефе
Очистите ми обућу	cirez mes chaussures	сире ме шосир
Дајте ми светлости	donnez-moi de la lumière	доне-муа де ла лимијер

хладне воде	de l'eau fraiche	де л'о фреш
вруће воде	de l'eau chaude	де л'о шод
воде за пиће	de l'eau à boire	де л'о а буар
мараме (убрисаче)	des serviettes	де сервијет
сапун	du savon	ди савон
чешаљ	un peigne	ан пењ
четку	une brosse	ин брос
Пробудите ме у... сати	réveillez moi à ... heures	ревеје-муа а ... ер
Имате ли писма за мене?	avez-vous des lettres pour moi?	аве-ву ле летр пур муа
Ја се зовем	je m'appelle ...	же м'апел ...
Хтео бих јести што-год	je voudrais manger quelque chose	же вудре манже келк шоз
Дајте ми јеловник	donnez-moi la carte	доне-муа ла карт
Полазим сутра у... сати	je pars demain à ... heures	же пар демен а ... ер
Спремите ми рачун	préparez ma note	препаре ма нот

Кафана	**Le café**	**Ле кафе**
Момак (послужитељ)	garçon	гарсон
Једну кафу	un café	ан кафе
Са кајмаком или са млеком?	avec crême ou lait?	авек крем у ле
Без кајмака	sans crême	сан крем
Црну	noir	нуар
Једну шољу	une tasse	ин тас
Једну чашу	un verre	ан вер
Колачи	gâteaux	гато
Посластице	pâtisserie	патисри
Једну белу кафу	une tasse de café au lait	ин тас де кафе о ле
Један чај	un thé	ан те
Хтео бих платити	je voudrais payer	же вудре пеје
Колико?	combien?	комбијен

Пивница	**La brasserie**	**ла брасри**
Гарсон, једну чашу	garçon, un bock	гарсон, ан бок
Плава пива	bière blonde	бијер блонд

црна пива	brune	брин
Дајте ми једно стакло	donnez-moi une bouteille	доне-муа ин бутеј
један литар	un litre	ан литар
Имате ли белог хлеба?	avez-vous du pain blanc?	аве-ву ди пен блан
црног хлеба	noir?	нуар
Служкиња	servante	сервант
Још једну чашу	encore un bock	анкор ан бок
Имате ли вина?	avez-vous du vin?	аве-ву ди вен
Шта дугујем?	que dois-je?	ке дуа-ж

Ресторант	Le restaurant	ле ресторан
Покажите ми, молим вас,	voudriez-vous m'indiquer	вудрије-ву м'ендике ан
један ресторант	un restaurant?	ресторан
Јесте ли ручали?	avez-vous déjeûné?	аве-ву дежене
вечерали?	dîné?	дине
Још не	non, pas encore	нон, па-з-анкор
Вечера је готова	le dîner est servi	ле дине е серви
Пођимо у трпезарију	passons dans la salle à manger	пасон дан ла сал а манже
Ово је месо прекувано	cette viande est trop cuite	сет вијанд е тро кцит

Не, оно је добро	non, elle est bien cuite	нон, ел е бијен киит
Желите ли купуса	voulez-vous du chou?	вуле-ву ди шу
Како га налазите?	comment le trouvez-vous?	коман ле труве-ву
Дајте ми црног вина,	donnez-moi du vin rouge,	доне-муа ди вен руж
белог	blanc	блан
Дајте ми јеловник	donnez-moi la carte	доне-муа ла карт
Шта имате данас?	quel est le plat du jour?	кел е ле пла ди жур
Супа	la soupe	ла суп
Говеђе печење	le rôti de bœuf	ле роти де беф
Јагњеће	d'agneau	д'ањо
телеће	de veau	де во
Зеље (зелен)	des légumes verts	де легим вер
Нећете више вина?	vous ne prenez plus de vin?	ву не прене пли де вен
Нећете више ништа?	vous ne prenez plus rien?	ву не прене пли ријен
Не, доволно је	non, c'est assez	нон, с'е-т-асе
Мало колача?	un peu de gâteau?	ан пе де гато
Не, хвала	non, merci	нон, мерси
Доручак	le petit déjeûner	ле пети дежене
Ручак	le déjeûner de midi	ле дежене де миди
Вечера	le dîner	ле дине
Пиринач с млеком	le riz au lait	ле ри о ле

Сир	le fromage	ле фромаж
Бели сир	le fromage blanc	ле фромаж блан
Дајте ми рачун	donnez-moi la note	доне-муа ла нот
Ево за вас	voici pour vous	вуаси пур ву

Намештај	**Ameublement**	**амеблеман**
Кућа	la maison	ла мезон
Соба	la chambre	ла шамбр
Врата	la porte	ла порт
Прозор	la fenêtre	ла фенетр
Ормaн	l'armoire	л'армуар
Столица	la chaise	ла шез
Постеља (кревет)	le lit	ле ли
Душек	le matelas	ле матла
Сламњача (шуста)	le sommier	ле сомије
Чаршав	le drap	ле дра
Покривач	la couverture	ла кувертир
Јастук	l'oreiller	л'ореје
Навлака	la taie d'oreiller	ла те д'ореје

Лампа	la lampe	ла ламп
Сто (астал)	la table	ла табл
Мастионица	l'encrier	л'анкрије
Перо	la plume	ла плим
Оловка (писаљка)	le crayon	ле крејон
Хартија за писање	le papier à écrire	ле папије а екрир
Куверта	l'enveloppe	л'анвелоп
Поштанска марка	le timbre poste	ле тембр пост
Ова кућа има... спрата	cette maison a ... étages	сет мезон а... етаж
Соба је добро проветрена	la chambre est bien aérée,	ла шамбр е бијен аере
Она даје на улицу	elle donne sur la rue	ел дон сир ла ри
Моја се врата не затварају добро	ma porte ne ferme pas bien	ма порт не ферм па бијен
Молим, очистите орман	voulez-vous nettoyer l'armoire ?	вуле-ву нетуаје л'армуар
Дајте ми још једну столицу, молим вас	donnez-moi encore une chaise, s'il vous plaît	доне-муа анкор ин шез, с'ил ву пле
Затворите прозор	fermez la fenêtre	ферме ла фенетр
Наместите добро моју постељу	faites bien mon lit	фет бијен мон ли
Промените ми навлаку	changez ma taie d'oreiller	шанже ма те д'ореје

Мој покривач није доста топао	ma couverture n'est pas assez chaude	ма кувертир н'е па-з-асе шод
Молим упалите ми лампу	voulez-vous allumer ma lampe	вуле-ву алиме ма ламп
Немам више мастила	je n'ai plus d'encre	же н'е пли д'анкр
Обрежите моју оловку	taillez mon crayon	таје мон крајон
Дајте ми хартије за писање	donnez-moi du papier à écrire	доне-муа ди папије а екрир
Хоћете ли бацити ово писмо на пошту?	voulez-vous mettre cette lettre à la poste?	вуле-ву метр сет летр а ла пост
Треба ставити једну марку од... пара	il faut mettre un timbre de... centimes	ил фо метр ан тембр де... сантим

Варош	**La ville**	**ла вил**
Кућа	la maison	ла мезон
Саборна црква	la cathédrale	ла катедрал
Црква	l'église	л'еглиз
Пошта	la poste	ла пост
Берза	la bourse	ла бурс
Позориште	le théâtre	ле театр
Кула	la tour	ла тур
Звоно	la cloche	ла клош

Касарна	la caserne	ла казерн
Универзитет	l'université	л'иниверсите
Народна скупштина	le chambre des députés	ла шамбр де депите
Парламент	le Parlement	ле парлеман
Двор	le palais	ле пале
Плаца	la place	ла плас
Царина	la douane	ла дуан
Трг	le marché	ле марше
Банка	la banque	ла банк
Пошта	la poste	ла пост
Улица	la rue	ла ри
Пасаж (пролаз)	le passage	ле пасаж
Предграђе	le faubourg	ле фобур
Калдрма	le pavé	ле паве
Гробље	le cimetière	ле симтијер
Тамница	la prison	ла призон
Станица	la gare	ла гар
Магацин	le magasin	ле магазен
Апотека	la pharmacie	ла фармаси
Хтео бих видети саборну цркву	je voudrais voir la cathédrale	же вудре вуар ла катедрал

Покажите ми народну скупштину	montrez-moi la Chambre des Députés	монтре-муа ла шамбр де депите
Где је универзитет?	où est l'université?	у е л'иниверсите
Које је ово гробље?	quel est ce cimetière?	кел е се симтијер
Коју улицу треба узети да се оде за...?	par quelle rue faut-il prendre pour aller à...?	пар кел ри фо-т-ил прендр пур але а
С које је стране станица...?	de quel côté est la gare de...?	де кел коте е ла гар де
Како се зове ова касарна?	comment s'appelle cette caserne?	коман с'апел сет казерн
Која је ова банка?	quelle est cette banque?	кел е сет банк
Шта се даје вечерас у позоришту?	que joue-t-on au théâtre ce soir?	ке жу-т-он о театр се суар
Који комад?	quelle pièce?	кел пијес
Како се зове ова кула?	comment s'appelle cette tour?	коман с'апел сет тур
Кад ћемо ићи у цркву?	quand irons-nous à l'église?	кан ирон-ну а л'еглиз
Хтео бих ићи у цркву	je voudrais aller à l'église	же вудре-з-але а л'еглиз
Светог или свете...	St ou Ste...	сен у сент
Ово звоно има добар звук	cette cloche a un très bon son	сет клош а ан тре бон сон
Који је ово дворац?	quel est ce palais?	кел е се пале
Који је ово споменик	quel est ce monument?	кел е се мониман

Село	**La campagne**	**ла кампањ**
Земљорадник	le cultivateur	ле килтиватер
Кућица (покривена сламом)	la chaumière	ла шомијер
Дворац (замак)	le château	ле шато
Село	le village	ле вилаж
Пут	la route	ла рут
Река	la rivière	ла ривијер
Поток	le ruisseau	ле рисо
Мост	le pont	ле пон
Бара (рибњак)	l'étang	л'етан
Језеро	le lac	ле лак
Обала	le bord	ле бор
Воденица	le moulin	ле мулен
Башта	le jardin	ле жарден
Парк	le parc	ле парк
Гај (шумица)	le bois	ле буа
Шума	la forêt	ла форе
Ограда	la haie	ла хе
Јама	la fosse	ла фос
Поље (њива)	le champ	ле шам

Ливада	la prairie	ла прери
Жито	le blé	ле бле
Пшеница	le froment	ле фроман
Раж	le seigle	ле сегл
Кукуруз	le maïs	ле маис
Трава	l'herbo	л'ерб
Сено	le foin	ле фуен
Слама	la paille (la chaume)	ла пај (ла шом)
Цвет	la fleur	ла флер
Лист	la feuille	ла феј
Грана	la branche	ла бранш
Дрво	l'arbre	л'арбр
Ми живимо на селу	nous habitons á la campagne	ну-з-абитон а ла кампањ
Ја волим пољски живот	j'aime la vie des champs	ж'ем ла ви де шам
Ово дрво је процветало	cet arbre est en fleurs	се-т-арбр е-т-ан флер
Шума је добро зелена	la forêt est bien verte	ла форе е бијен верт
Бара (рибњак) је пуна риба	l'étang est plein de poissons	л'етан е плен де пуасон
Овај поток увире у језеро...	ce ruisseau se jette dans le lac de ...	се рнисо се жет дан ле лак де
Ова река нема брода	cette rivière n'a pas de gué	сет ривијер н'а па де ге
Земљорадник сеје жито	le cultivateur sème le blé	ле килтиватер сем ле бле

Он устаје рано	il se lève de bonne heure	ил се лев де бон ер
Шта сејете на овој њиви?	que semez-vous dans ce champ?	ке семе-ву дан се шам
Шта садите на овој њиви?	que plantez-vous dans ce champ?	ке планте-ву дан се шам
Покосили смо сено	nous avons fauché le foin	ну-з-авон фоше ле фуен
коса	la faux	ла фо
пласт (копа)	la meule	ла мел
Идемо на жетву	nous allons moissonner	ну-з-алон муасоне
Они копају своју башту	ils bêchent leur jardin	ил беш лер жарден
Она сеје цвеће	elle sème des fleurs	ел сем де флер
Она их полива	elle les arrose	ел ле-з-ароз
Цвеће је лепо	les fleurs sont belles	ле флер сон бел
Воће је зрело	les fruits sont mûrs	ле фри сон мир
Треба га брати	il faut les cueillir	ил фо ле кејир

Пошта и телеграф — La poste et le télégraphe — ла пост е ле телеграф

Можете ли ми казати где је пошта?	pouvez-vous me dire où est la poste?	пуве-ву ме дир у е ла пост

Прозорче	un guichet	ан гише
Има ли једно писмо за мене пост рестант?	ai-je une lettre poste restante?	е-ж ин летр пост рестант
Хтео бих препоручити ово писмо	je voudrais recommander cette lettre	же вудре рекоманде сет летр
Молим, измерите ово писмо	veuillez peser cette lettre	веје пезе сет летр
Молим, дајте ми једну марку од... пара	veuillez donner un timbre de... centimes	веје ме доне ан тембр де... сантим
једну поштанску карту	une carte postale	ин карт постал
Послати депешу	envoyer une dépêche	анвуаје ин депеш
Сандуче за писма	la boîte aux lettres	ла буат о летр
Поштански пакет	le colis postal	ле коли постал
Колико?	combien?	комбијен
Велика хвала	merci beaucoup	мерси боку

Праља	**La blanchisseuse**	**ла бланшисез**
Долази ли праља данас?	la blanchisseuse vient-elle aujourd'hui?	ла бланшисез вијен-т-ел ожурдии

Покажите ми, молим вас, једну праљу	voudriez-vous, s'il vous plait, me procurer une blanchisseuse	вудре-ву, с'ил ву пле, ме прокире ин бланшисез
Ја хитам	je suis très pressé	је сии трс пресе
Ево списак	voici la note	вуаси ла нот
Дневна кошуља	chemise de jour	шемиз де жур
Ноћња кошуља	chemise de nuit	шемиз де нии
Манжете	manchettes	маншет
Џепне марамице	mouchoirs	мушуар
Гаће	caleçons	калсон
Прслук	gilet	жиле
Чарапе	bas, chaussettes	ба, шосет
Хоћете ли поправити што треба?	voulez-vous faire les réparations nécessaires?	вуле-ву фер ле репарасион несесер
пришити дугмад	mettre les boutons	метр ле бутон
заплести чарапе	repriser les chaussettes	ропризе ле шосет
и т. д.	etc.	е. с.
Ја се надам вашој тачности	je compte sur votre exactitude	же конт сир вотр егзактитид

Обућа	**Les chaussures**	**ле шосяр**
Обућар	bottier (cordonnier)	ботије (кордоније)
Желим један пар обуће	je désire une paire de chaussures	же дезир ин пер де шосир
високе ципеле	bottines	ботин
плитке ципеле	souliers	сулије
Коју нумеру ципела ви носите?	quelle pointure chaussez-vous?	кел пуентир шосе-ву
Нога ми је широка	j'ai le pied large	ж'е ле пије ларж
дугачка	long	лон
уска	étroit	етруа
Опробајте ми овај пар	essayez-moi cette paire	есеје-муа сет пер
Одвећ су мале	elles sont trop petites	ел сон тро петит
велике	grandes	гранд
Стежу ме	elles me serrent	ел ме сер
Колико ове?	combien cette paire?	комбјен сет пер
То је одвећ скупо	c'est trop cher	се тро шер
Узимам ове	je prends celles-là	же пран сел-ла
Остављам их на ногама	je les garde aux pieds	же ле гард о пије

Ево моја адреса	voici mon adresse	вуаси мон адрес
Ставите им прво ђонове	ressemelez-les d'abord	ресемеле-ле д'аборд

Рукавице | Les gants | ле ган

Рукавице од вуне	les gants de laine	ле ган де леп
од памука	de coton	де котон
од лана	de fil	де фил
постављене	fourrés	фуре
од коже	de peau	де по
од свиле	de soie	де суа
шведске	suède	сюед
беле	blancs	блан
црне	noirs	нуар
пепељаве	gris	гри
мрке	bruns	бран
Једно дугме	un bouton	ан бутон
Два дугмета	deux boutons	де бутон
Коју нумеру?	quelle pointure?	кел пуентир
Колико ове?	combien cette paire?	комбјен сет пер
Узимљем их	je la prends	же ла пран

Кројач	Le tailleur	ле тајер
Панталоне (чакшире)	le pantalon	ле панталон
Прслук (грудњак)	le gilet	ле жиле
Цео пар одела	le complet	ле компле
Капут	le pardessus	ле пардеси
Штоф (сукно)	l'étoffe	л'етоф
отворен	claire	клер
загасит	foncée	фонсе
црни	noire	нуар
плави	bleue	бле
Добро сукно	un bon drap	ан бон дра
То ми се не допада	ceci ne me plaît pas	сеси не ме пле па
Сукно мало јаче	du drap plus fort	ди дра пли фор
тање	plus fin	пли фен
боље	meilleur	мејер
Опробати	essayer	есеје
То ми не стоји добро	cela ne me va pas	села не ме ва па
Узети меру	prendre mesure	прандр мезир
Шта кошта једно овако одело?	que coûte un complet pareil?	ке кут ан компле парej

Добро	bien	бијен
Сашите ми једно овако	faites-moi celui-ci	фет-муа сели-си

Шваља	**La couturière**	**ла кутиријер**
Можете ли ми показати једну добру шваљу?	pouvez-vous m'indiquer une bonne couturière?	пуве-ву м'ендике ин бон кутиријер
Хтела бих једну хаљину	je voudrais une robe	же вудре ин роб
Једну хаљину за сваки дан	une robe de tous les jours	ин роб до ту ле жур
за соаре	de soirée	де суаре
Један костим	un costume tailleur	ан костим тајер
црнкаст	brun	бран
црн	noir	нуар
плав	bleu	бле
Дневна кошуља	chemise de jour	шемиз де жур
ноћна	de nuit	де нии
Гаће	le pantalon	ле панталон
Сукња (доња)	le jupon	ле јипон
Сукња (горња)	la jupe	ла жип
Блуза, рекла	le corsage	ле корсаж

Оковратник	le col	ле кол
Машна	la cravate	ла креват
Појас	la ceinture	ла сентир

Шеширџија. Модиста	Le chapelier. La modiste	ле шапелије. ла модист
Хтео бих купити један шешир	je voudrais acheter un chapeau	же вудре-з-ашете ан шапо
Који број?	quel numéro?	кел нимеро
Број...	numéro...	нимеро
Хтео бих:	je voudrais:	же вудре
један полу-цилиндар	un chapeau melon	ан шапо мелон
један цилиндар	un chapeau haut de forme	ан шапо хо де форм
шешир од сламе	un chapeau de paille	ан шапо де пај
шешир од сукна	un chapeau de feutre	ан шапо де фетр
Шта кошта овај?	que coûte celui-ci?	ке кут сели-си
Која је цена?	quel est le prix?	кел е ле при
Тај ми лепо стоји	celui-là me coiffe bien	сели-ла ме куаф бјен
Овај ми не стоји лепо	celui-ci ne me va pas	сели-си не ме ва па
Узимљем га	je le prends	же ле пран

Пошаљите ми га:	envoyez le moi:	анвуаје ле муа
у хотел...	à l'hôtel...	а л'отел
код куће, улица...	à la maison, rue...	а ла мезон, ри

Хтела бих:	je voudrais:	же вудре
један црн шешир	un chapeau noir	ан шапо нуар
један отворени шешир	un chapeau clair	ан шапо клер
један шешир са цветом	un chapeau avec une fleur	ан шапо авек ин флер
један шешир са лентом	un chapeau avec un nœud	ан шапо авек ан не
један шешир са уском ивицом	un chapeau à bord étroit	ан шапо а бор етруа
један шешир са ивицом мало широм	un chapeau à bord plus large	ан шапо а бор пли ларж
Овај ми се допада	celui-ci me plaît	селии-си ме пле

Трговина хартије	**La papeterie**	**ла папетри**
Писмо	la lettre	ла летр
Хартија	le papier	ле папије
Куверта	l'enveloppe	л'анвлоп

Перо	la plume	ла плим
Писаљка (оловка)	le crayon	ле крејон
Перорез	le canif	ле каниф
Мастило	l'encre	л'анкр
Мастионица	l'encrier	л'анкрије
Гума	la gomme	ла гом
Поштанска марка	le timbre poste	ле темб̄р пост
Црвени восак (печат)	la cire à cacheter	ла сир а кашт̄е
Печат	le cachet	ле каше
Лењир	la règle	ла регл
Прибор за писање	le buvard	ле бивар
Илустрована поштанска карта	la carte illustrée	ла карт илистре
Слике	les images	ле-з-имаж
Шта ово кошта?	que coûte ceci?	ке кут сеси
Хартија за паковање	le papier d'emballage	ле папије д'амбалаж
Канапа	la ficelle	ла фисел
Могу-ли писати овде?	puis-je écrire ici?	пуи-ж екрир иси
Хтео бих написати:	je voudrais écrire:	же вудре-з-екрир
једно писмо	une lettre	ин летр
једну карту	une carte postale	ин карт постал

Имате-ли једну марку?	avez-vous un timbre poste?	аве-ву ан тембр пост
Имате-ли један добар перорез?	avez-vous un bon canif?	аве-ву ан бон каниф
Покажите ми роза хартију	montrez-moi du papier rose	монтре-муа ди папије роз
љубичасту	mauve	мов
белу	blanc	блан
са црним крајем	à bord noir	а бор нуар

Ситничарница	Mercerie	мерсри
Конац	le fil	ле фил
дебели	gros	гро
танки	fin	фен
од лана	de lin	де лен
бео конац	blanc	блан
црни	noir	нуар
конац за крпљење чарапа	à repriser	а репризе
Свила	la soie	ла суа
Вуна	la laine	ла лен
Игла	l'aiguille	л'егиј

за крпљење чарапа	à repriser	а репризе
за машину	à machine à coudre	а машин а кудр
Игле за плетиво	les aiguilles à tricoter	ле-з-егиј а трикоте
Сапун	le savon	ле савон
Четка	la brosse	ла брос
за нокте	à ongles	а онгл
за зубе	à dents	а дан
за хаљине	à habits	а аби
за ципеле	à bottines	а ботин
за косу	à cheveux	а шеве
Боја за ципеле	le cirage	ле сираж
Ножице	les ciseaux	ле сизо
за вез	à broder	а броде
за нокте	à ongles	а онгл
Чешаљ	le peigne	ле пењ
за брке	à moustaches	а мусташ
Чиоде	les épingles	ле-з-епенгл
дупле чиоде	de nourrice	де нурис
игле за косу (укоснице)	à cheveux	а шеве
укоснице од целулоза	en celluloïde	ан селилоид
од краљушти	en écaille	ан екај

Доктор	**Le médecin**	**ле медсен**
Ја сам болестан, докторе	docteur, je suis malade	Доктер, же сви малад
Шта вас боли?	où avez-vous mal?	у аве-ву мал
Боли ме	j'ai mal	ж'е мал
глава	à la tête	а ла тет
груди	à la poitrine	а ла пуатрин
леђа	dans le dos	дан ле до
трбух	dans le ventre	дан ле вантр
Која вам је година?	quel âge avez-vous?	кел аж аве-ву
Ја имам ... година	j'ai ... ans	ж'е ... ан
Јесте-ли жењени?	êtes-vous marié?	ет-ву марије
Колико имате деце?	combien avez-vous d'enfants?	комбијен аве-ву д'анфан
Од колико сте времена у војсци?	depuis combien de temps êtes-vous dans l'armée?	депии комбијен де тан ет-ву дан л'арме
Ево ... година	depuis ... ans	депии ... ан
Јесте-ли резервни или активни?	êtes-vous de la réserve ou de l'active?	ет-ву де ла резерв у де л'актив
Колико сте имали рана?	combien avez-vous eu de blessures?	комбијен аве-ву-э-и де блесир
Имао сам ... рана	j'ai eu ... blessures	ж'е и ... блесир

У које доба сте били рањени?	à quelle date avez-vous été blessé?	а кел дат аве-ву-з-ете блесе
Био сам рањен у месецу ... године 19 ...	j'ai été blessé au mois de... en 19...	ж'е ете блесе о муа де... ан 19 ...
Чиме сте били рањени?	par quoi avez-vous été blessé?	пар куа аве-ву-з-ете блесе
пушком	par le fusil	пар ле физи
бајонетом	la baïonnette	ла бајонет
ђулетом	l'obus	л'обис
гранатом	la grenade	ла гренад
Је ли вам вршена операција?	vous-a-t-on fait une opération?	ву-з-а-т-он фе ин операсијон
Какво сте лечење следовали?	quel traitement avez-vous suivi?	кел третман аве-ву сиви
Јесте ли гладни?	avez-vous faim?	аве-ву фем
Подносите ли добро ову храну?	digérez-vous bien?	дижере-ву бијен
Како вршите нужду?	votre intestin fonctionne-t-il?	вотр ентестен фоксион-т-ил
Мокрите ли добро?	urinez-vous bien?	Ирине-ву бијен
Јесте ли добро спавали	avez-vous bien dormi?	аве-ву бијен дорми
Је ли вам топло	avez-vous chaud?	аве-ву шо
хладно	froid?	фруа

Које сте болести имали досада?	quelles maladies avez-vous eues jusqu'à présent?	кел малади аве-ву-з-и жиск а презан
оспице (фрус)	la rougeole	ла ружол
шарлах	la scarlatine	ла скарлатин
богиње	la variole	ла варијол
пролив (запалење црева)	l'entérite	л'антерит
тифус	le typhus	ле тифис
назеб	la bronchite	ла брошшит
запалење плућа	la pneumonie	ла пнемони
црвени ветар	l'érysipèle	л'еризипел
Јесте ли данас превијани?	avez-vous été pansé aujourd'hui?	аве-ву-з-ете пансе ожурд'ни
Треба да се добро лечите	il faut vous laisser soigner	ил фо ву лесе суање
Треба да узимате редовно лекове	il faut prendre bien vos médicaments	ил фо прандр бијен во-медикаман
Не назебите	ne vous refroidissez pas	не ву рефруадисе па
Покрите се добро	couvrez-vous bien	кувре-ву бијен

Зубни лекар	Le Dentiste	ле дантист
Можете ли ми показати једног доброг зубног лекара?	pouvez-vous m'indiquer un bon dentiste?	пуве-ву м'ендике ап бон дантист
Боле ме зуби	j'ai mal aux dents	ж'е мал о дан
Који вас боли?	laquelle vous fait mal?	лакел ву фе мал
предњи	l'incisive	л'енсизив
очни	la canine	ла канин
кутњи	la mollaire	ла молер
озго	d'en haut	д'ан хо
оздо	d'en bas	д'ан ба
Имам један шупљи зуб	j'ai une dent creuse	ж'е ин дан крез
Хоћете ли ми га пломбирати извадити	voulez-vous me la plomber l'arracher?	вуле-ву ме ла пломбе л'араше
Можете ли поднети без опијања?	pouvez-vous supporter sans anesthésie?	пуве-ву сипорте сан анестези
Више волим да ме не опијате	je préfère ne pas être anesthésié	же префер не па-з-етр анестезије
Седите на ову столицу	asseyez-vous sur ce fauteuil	асеје-ву сир се фотеј
Наслоните главу	appuyez la tête sur le dossier	апије ла тет сир ле досије
Отворите уста	ouvrez la bouche	увре ла буш

Будите мирни	ne bougez pas	не буже па
Ево ваш зуб	voici votre dent	вуаси вотр дан
Веома је покварен	elle est très gâtée	ел е тре гате
Исперите уста	rincez-vous la bouche	ренсе-ву ла буш
Пљујте овде	crachez ici	краше иси
Завијте добро главу	enveloppez bien votre tête	анвелопе бијен вотр тет
Не назебите	ne prenez pas froid	не прене па фруа
Испирајте уста са каквим врућим тејом	rincez la bouche avec une infusion chaude	ренсе ла буш авек ин енфизијон шод

Продаја дувана — Le bureau de tabac — биро де таба

Имате-ли дувана?	avez-vous du tabac?	аве-ву ди таба
Хте бих дувана	je voudrais du tabac	же вудре ди таба
за лулу	pour pipe	пур пип
за цигарете	pour cigarettes	пур сигарет
Дајте ми једну кутију цигарета	donez-moi une boite de cigarettes	доне-муа ин буат де сигарет
Шта кошта ова кутија цигара?	que coûte cette boite de cigares?	ке кут сет буат де сигар

Имате ли једну лулу?	avez-vous une pipe?	аве-ву ин пип
Колико?	combien?	комбијен
Дајте ми једну кутију жижица	donnez-moi une boîte d'allumettes	доне-муа ин буат д'алимет
Колико вам дугујем?	combien je vous dois?	комбијен жо ву дуа
Дуван	tabac	таба
Лула	pipe	пип
Кеса за дуван	une blague á tabac	ин благ а таба
Кутија за дуван	une boîte á tabac	ин буат а таба
Хартија за цигарете	du papier à cigarettes	ди папије а сигарет
Жижице (машине)	des allumettes	де-з-алимет
Огњиво	un briquet	ан брике
Кремен	une pierre à briquet	ин пијер а брике
Труд	l'amadou	л'амаду

Берберин	**Coiffeur**	**куафер**
Коса	les cheveux	ле шеве
Брада	la barbe	ла барб
Мустаћи (брци)	la moustache	ла мусташ

Подлисци	les favoris	ле фавори
Бријач	le rasoir	ле разуар
Сапун	le savon	ле сапон
Пудер	la poudre	ла пудр
Мирис	le parfum	ле парфим
Трљање	la friction	ла фриксијон
Бакшиш	le pourboir	ле пурбуар
Можете ли ми препоручити једног доброг берберина?	pouvez-vous m'indiquer un bon coiffeur?	пуве-ву м'ендике ан бон куафер
Хте бих се ошишати	je voudrais me couper les cheveux	же вудре ме купе ле шеве
обријати браду	la barbe	ла барб
обријати	me raser	ме разе
обријати сасвим	me raser toute à fait	ме разе ту-т-а фе
Хоћете ли ми измити косу?	voulez-vous me laver les cheveux?	вуле-ву ме лаве ле шеве
Направите ми пругу са стране	faites-moi une raie de côté	фет-муа ин ре де коте
на десно	à droite	а друат
на лево	à gauche	а гош
по средини	au milieu	о милие

Фризирајте ми бркe	frisez mes moustaches	фризе ме мусташ
Подсеците ми косу мало више	coupez les cheveux un peu plus	купе ме шеве ан пе пли
Оставите их мало дуже спреда позади	laissez les plus longs en avant en arrière	лесе-ле пли лон ан аван ан аријер
Истрљајте ме	frictionnez-moi	фриксјоне-муа
Добро је тако	cela va bien	села ва бјен
Шта вам дугујем?	que vous dois-je?	ке ву дуа-ж
Ево за вас	voici pour vous	вуаси пур ву

Фризер — Coiffeur de dames — куафер де дам

Хтела бих се фризирати	je voudrais me friser	же вудре ме фризе
Немојте ме мучити	ne me faites pas mal	не ме фет па мал
Глава ми је осетљива	j'ai la tête sensible	ж'е ла тет сансибл
Чешљајте ме полако	peignez-moi doucement	пење-муа дусеман
Начините ми пунђу ниско високо	faites le chignon bas haut	фет ле шињон ба хо
Раздвојте ми косу	partagez mes cheveux en deux	партаже ме шеве ан де

Новац	**La monnaie**	**ла моне**
Банкнота (банка)	un billet de banque	ан бије де банк
Један чек	un chèque	ан шек
Књижица за чекове	le carnet de chèques	ле карне де шек
Новац од злата	la pièce d'or	ла пијес д'ор
десет франака	de dix francs	де ди фран
двадесет франака	de vingt francs	де вен фран
Новац од сребра	la pièce d'argent	ла пијес д'аржан
педесет пара (сантима)	cinquante centimes	сенкант сантим
један франак (динар)	d'un francs	ан фран
два франка	de deux francs	де фран
пет франака	de cinq francs	сенк фран
Новац од бакра	la monnaie de cuivre	ла моне де кивр
пет пара	un sou (cinq centimes)	ан су (сенк сантим)
десет пара	deux sous (dix centimes)	де су (ди сантим)

Подела времена	**La division du temps**	**ла дивизион ди тан**
1) Доба године	1) Les saisons	1) ле сезон
Пролеће	le printemps	ле пректан
Лето	l'été	л'ете
Јесен	l'automne	л'отон
Зима	l'hiver	л'ивер
2) Месеци	2) Les mois	2) ле муа
Јануар	janvier	жанвије
Фебруар	février	феврије
Март	mars	марс
Април	avril	аврил
Мај	mai	ме
Јуни	juin	жиен
Јули	juillet	жиије
Август	août	у
Септембар	septembre	септамбр
Октобар	octobre	октобр
Новембар	novembre	новамбр
Децембар	décembre	десамбр

3) Дани	3) Les jours	3) ле жур
Недеља	dimanche	диманш
Понедељак	lundi	ленди
Уторак	mardi	марди
Среда	mercredi	меркреди
Четвртак	jeudi	жеди
Петак	vendredi	вандреди
Субота	samedi	самди

4)	4)	4)
Век	un siècle	ан сијекл
Година	une année	ин ане
Месец	un mois	ан муа
Недеља (седмица)	une semaine	ин семен
Дан	un jour, une journée	ан жур, ин журне
Сат	une heure	ин ер
Пола сата	une demi-heure	ин деми ер
Четврт сата	un quart d'heure	ан кар д'ер
Једна минута	une minute	ин минит
Једна секунда	une seconde	ин сгонд

Јутро	la matinée, le matin	ла матине, ле матен
Подне	midi	миди
После подне	l'après-midi	л'апре-миди
Вече	le soir, la soirée	ле суар, ла суаре
Ноћ	la nuit	ла нии
Пола ноћи	minuit	минии
Данас	aujourd'hui	ожурд'ии
Јуче	hier	иjер
Прекјуче	avant-hier	аван-т-иjер
Сутра	demain	демен
Преко-сутра	après-demain	апре-демен
Сутрадан	le lendemain	ле ландемен
Прексутрадан	le surlendemain	ле сирландемен
У вече (у очи)	la veille	ла веј
Прекјучерашња вече	l'avant-veille	л'аван-веј

Небо	**Le ciel**	**ле сијел**
Сунце	le soleil	ле солеј
Месец	la lune	ла лин
Звезда	l'étoile	л'етуал
Светлост	la lumière	ла лимијер
Исток	l'Est, l'orient, le levant	л'ест, л'оријан, ле леван
Запад	l'Ouest, l'occident, le couchant	л'уест, л'оксидан, ле леван
Север	le Nord	ле нор
Југ	le Sud, le Midi	ле сид, ле миди
Млечни пут	la voie lactée	ла вуа лакте

Земља	**La terre**	**ла тер**
Архипелаг	l'archipel	л'аршипел
Блато	la boue	ла бу
Шљунак	le caillou	ле кају
Рт, гребен	le cap	ле кап
Камени мајдан	la carrière	ла каријер
Кланац, теснац	le col de montagne	ле кол де монтањ

Брег	la colline	ла колин
Предео, крај	la contrée	ла контре
Страна	la côte	ла кот
Сутеска	le défilé	ле дефиле
Пустиња	le désert	ле дезер
Степа	la falaise	ла фалез
Шљунак, облутак	le galet	ле гале
Пећина	la grotte	ла грот
Црница (земља)	l'humus	л'имис
Острво	l'île	л'ил
Полуострво	la presqu'île	ла преск'ил
Земљоуз	l'isthme	л'истм
Ширина земље	la latitude	ла латитид
Дужина земље	la longitude	ла лонжитид
Планина	la montagne	ла монтањ
Планински ланац	la chaîne de montagnes	ла шен де монтањ
Врх, стрмен	le pic	ле пик
Камен	la pierre	ла пијер
Равница	la plaine	ла плен
Висораван	le plateau	ле плато
Прашина	la poussière	ла пусијер

Провала, бездан	le précipice	ле пресипис
Урвина, јаруга	le ravin	ле равен
Брег, приморје	le rivage	ле риваж
Обала	la rive	ла рив
Стена, литица	la roche	ла рош
Крш, камењак	le rocher	ле роше
Песак	le sable	ле сабл
Тле, земљиште	le sol	ле сол
Земља	la terre	ла тер
Место, земљиште	le terrain	ле терен
Долина	la vallée	ла вале
Долиница	le vallon	ле валон
Блато, муљ	la vase	ла ваз
Појас	la zone	ла зон
ледени појас	glaciale	гласијал
умерени појас	tempérée	тампере
жарки појас	torride	торид

Вода	L'eau	л'о
Појило	l'abreuvoir	л'абревуар
Ушће	les bouches d'un fleuve	ле буш д'ан флев
Ушће	l'embouchure	л'амбушир
Морски рукав	le bras de mer	ле бра де мер
Водопад	la cascade	ла каскад
Ток (воде)	le courant	ле куран
Мали залив	la crique	ла крик
Мореуз	le détroit	ле детруа
Насип	la digue	ла диг
Устава, брана	l'écluse	л'еклиз
Пена	l'écume	л'еким
Морска вода	l'eau de mer	л'о де мер
Вода са извора	de source	де сурс
Пречишћена вода	filtrée	филтре
Минерална вода	minérale	минерал
Језерце, бара	l'étang	л'етан
Река	le fleuve	ле флев
Прилив	le flux	ле фликс
Одлив	le reflux	ле рефликс

Извор	la fontaine	ла фонтен
Залив	le golfe	ле голф
Брод	le gué	ле ге
Поплава	l'inondation	л'инондасијон
Насип, молос	la jetée	ла жете
Језеро	le lac	ле лак
Корито једне реке	le lit d'une rivière	ле ли д'ин ривијер
Бара, баруштина	le marais	ле маре
Барица	la mare	ла мар
Плима и осека	la marée	ла маре
Море	la mer	ла мер
Мост	le pont	ле пон
Пристаниште	le port	ле пор
Бунар, кладенац	le puits	ле пии
Артезијански бунар	le puits artésien	ле пии артезијен
Кеј, пристаниште	le quai	ле ке
Лука	la rade	ла рад
Река	la rivière	ла ривијер
Поток	le ruisseau	ле рииссо
Извор	la source	ла сурс
Бујица, поток	le torrent	ле торан

Вал	la vague	ла ваг

Ваздух	**L'air**	**л'ер**
Дуга	l'arc-en-ciel	л'арк-ан-сијел
Зора	l'aurore	л'орор
Усов	l'avalanche	л'аваланш
Пљусак	l'averse	л'аверс
Поветарац	la brise	ла бриз
Магла	le brouillard	ле брујар
Магла (на мору)	la brume	ла брим
Врућина	la chaleur	ла шалер
Отапање	le dégel	ле дежел
Муња, севање	l'éclair	л'еклер
Гром	la foudre	ла фудр
Мраз	le frimas	ле фрима
Студ	le froid	ле фруа
Мраз	la gelée	ла желе
Иње	le givre	ле живр
Лед	la glace	ла глас

Ледник, комад леда	le glaçon	ле гласон
Град	la grêle	ла грел
Влага	l'humidité	л'имидите
Снег	la neige	ла неж
Облаци	les nuages	ле ниаж
Помрчина	l'obscurité	л'обскирите
Бура, олуја	l'orage	л'ораж
Киша	la pluie	ла плии
Роса	la rosée	ла розе
Суша	la sécheresse	ла сешрес
Олуја	la tempête	ла тампет
Тама	les ténèbres	ле тенебр
Гром	le tonnerre	ле тонер
Земљотрес	le tremblement de terre	ле трамблеман де тер
Ветар	le vent	ле ван
Противни ветар	le vent contraire	ле ван контрер
Повољни ветар	favorable	фаворабл
Поледица	le verglas	ле вергла

Празници	**Les fêtes**	**ле фет**
Нова Година	le jour de l'An	ле жур де л'ан
Нова Година	la Nouvelle Année	ла нувел ане
Пост (велики, ускршњи)	le Carême	ле карем
Божићни пост	l'Avent	л'аван
Цвети	les Rameaux	ле рамо
Ускрс	Pâques	пак
Духови	la Pentecôte	ла панткот
Св. Тројица	la Trinité	ла трините
Успење Богородице	l'Assomption	л'асомпсјон
Вознесење	Ascension	асансјон
Задушнице	le jour des Morts	ле жур де мор
Божић	Noël	ноел
Бадњи-дан	la veille de Noël	ла веј де ноел
Рођен-дан	l'anniversaire	л'аниверсер
Свечани дан	le jour férié	ле жур ферије

Занати	**Les métiers**	**ле метије**
Пушкар	l'armurier	л'армирије
Крчмар, гостионичар	l'aubergiste	л'обержист

Бижутар	le bijoutier	ле бижутије
Праља	la blanchisseuse	аа бланшисез
Обућар	le bottier	ле ботије
Пекар	le boulanger	ле буланже
Седлар	le bourrelier	ле бурелије
Крчмар	le cabaretier	ле кабартије
Колар	le carrossier	ле каросије
Угљар	le charbonuier	ле шарбоније
Шеширџија	le chapelier	ле шапелије
Кобасичар	le charcutier	ле шаркитије
Колар	le charron	ле шарон
Шваља	la couturière	ла кутиријер
Златар	le doreur	ле дорер
Пакетџија	l'emballeur	л'амбалер
Бакалин	l'épicier	л'еписије
Ковач	le forgeron	ле форжерон
Воћар	le fruitier	ле фритије
Рукавичар	le gantier	ле гантије
Сајџија	l'horloger	л'орложе
Млекар	le laitier	ле летије
Књижар	le libraire	ле либрер

Зидар	le maçon	ле масон
Дрводеља	le menuisier	ле менуизије
Ситничар	le mercier	ле мерсије
Оптичар	l'opticien	л'оптисијен
Посластичар	le patissier	ле патисије
Сликар	le peintre	ле пентр
Берберин, власуљар	le perruquier	ле перикије
Гвожђар	le quincaillier	ле кенкаје
Књиговезац	le relieur	ле релијер
Пегларица	la repasseuse	ла репасез
Крпач	le savetier	ле савтије
Седлар	le sellier	ле селије
Кројач	le tailleur	ле тајер
Кожар	le tanneur	ле танер
Тапетар	le tapissier	ле тапнсије
Бојар	le teinturier	ле тентирије
Стаклар	le vitrier	ле витрије

Човечије тело	Le corps humain	ле кор имен
ГЛАВА	LA TÊTE	ЛА ТЕТ
Мозак	le cerveau	ле серво
Лобања	le crâne	ле кран
Коса	les cheveux	ле шеве
Чело	le front	ле фрон
Лице	la face	ла фас
Око (очи)	l'œil (les yeux)	л'ej (ле-з-ије)
Капак, трепавице	la paupière, les cils	ла попијер, ле сил
Нос	le nez	ле не
Уста	la bouche	ла буш
Образи	les joues	ле жу
Јабучице	les pommettes	ле помет
Уши (уво)	les oreilles (l'oreille)	ле-з-орej (л'орej)
Усне	les lèvres	ле левр
Зуби	les dents	ле дан
Вилица	la mâchoire	ла машуар
горња	supérieure	сиперијер
доња	inférieure	енферијер

Брада, брци	la barbe, les moustaches	ла барб, ле мусташ
Грло	la gorge	ла горж
Језик	la langue	ла ланг
Ресица	la luette	ла лиет
Непце	le palais	ле пале
Пљувачка	la salive	ла салив

УДОВИ	LES MEMBRES	ЛЕ МАМБР
Рука	**le bras**	**ле бра**
Пазухо	l'aisselle	л'есел
Раме, плеће	l'épaule	л'епол
Лакат	le coude	ле куд
Зглавак на руци	le poignet	ле пуање
Шака	la main	ла мен
Длан	la paume de la main	ла пом де ла мен
Прсти	les doigts	ле дуа
Палац	le pouce	ле пус
Нокат	l'ongle	л'онгл
Ноге	**les jambes**	**ле жамб**
Кук	la hanche	ла ханш

Бут	la cuisse	ла киис
Колено	le genou	ле жену
Лист	le mollet	ле моле
Пета	le talon	ле талон
Нога, стопа	le pied	ле пије

ТРУП	LE TRONC	ЛЕ ТРОН
Леђа	le dos	ле до
Кичмена кост, пршљен	la vertèbre	ла вертебр
Кичма	la colonne vertébrale	ла колон вертебрал
Кичмена мождина	la moëlle épinière	ла моал епинијер
Прса	la poitrine	ла пуатрин
Плућа	le poumon	ле пумон
Срце	le cœur	ле кер
Пречага	le diaphragme	ле дијафрагм
Стомак	l'estomac	л'естома
Трбух	le ventre	ле вантр
Црево	l'intestin	л'ентестен
Танко црево	grêle	грел
Дебело црево	le gros intestin	ле гро-з-ентестен
Џигерица (црна утробица)	le foie	ле фуа

Жуч	la bile	ла бил
Бубрег	le rein	ле рен
Бешика	la vessie	ла веси

КРВ	LE SANG	ЛЕ САН
Артерија	l'artère	л'артер
Вена	la veine	ла вен
Сало, лој	la graisse	ла грес
Кожа	la peau	ла по
Зној	la sueur	ла сиер
Пљувачка	la salive	ла салив
Суза	la larme	ла ларм
Кост	l'os	л'ос
Костур	le squelette	ле скелет

Чула	**Les sens**	**ле санс**
Укус	le goût	ле гу
Мирис	l'odorat	л'одора
Слух	l'ouïe	л'уи

Вид	la vue	ла ви
Пипање	le toucher	ле туше

ДУША	L'AME	Л'АМ
Врлине и мане	**Les qualités et les défauts**	**ле калите е ле дефо**
Наклоност, нежност	l'affection	л'афексион
Пријатељство	l'amitié	л'амитије
Љубав	l'amour	л'амур
Тврдоћа	l'avarice	л'аварис
Доброчинство	la bienfaisance	ла бијенфезанс
Здрави смисао	le bon sens	ле бон санс
Доброта	la bonté	ла бонте
Клевета	la calomnie	ла каломни
Туга	le chagrin	ле шагрен
Љутња	la colère	ла колер
Владање	la conduite	ла кондиит
Поверење, нада	la confiance	ла конфијанс
Храброст	le courage	ле кураж
Страховање	la crainte	ла крент
Злочин	le crime	ле крим

Свирепство, дивљаштво	la cruauté	ла криоте
Клонулост	le découragement	ле декуражман
Одвратност	le dégoût	ле дегу
Пажња, обазривост	la délicatesse	ла деликатес
Очајање	le désespoir	ле дезеспуар
Обежчашће, срамота	le déshonneur	ле дезонер
Жеља	le désir	ле дезир
Непослушност	la désobéissance	ла дезобеисанс
Достојанство	la dignité	ла дињите
Притворство	la dissimulation	ла дисимиласијон
Нежност, доброта	la douceur	ла дусер
Бол, туга	la douleur	ла дулер
Сумња	le doute	ле дут
Усиљавање, труд	l'effort	л'ефор
Речитост	l'éloquence	л'елоканс
Досада, брига	l'ennui	л'анни
Завист	l'envie	л'анви
Заблуда	l'erreur	л'ерер
Нада	l'espérance	л'есперанс
Дух	l'esprit	л'еспри
Поштовање, уважење	l'estime	л'естим

Труд, наука	l'étude	л'етид
Постојаност	la fermeté	ла ферметe
Понос, гордост	la fierté	ла фијерте
Ласкање	la flatterie	ла флатри
Вера, верност	la foi	ла фуа
Повереност	la bonne foi	ла бон фуа
Лудило	la folie	ла фоли
Обмана (подла)	la fourberie	ла фурбери
Искреност	la franchise	ла франшиз
Веселост	la gaieté	ла гете
Ђеније, дар	le génie	ле жени
Лакомство	la gourmandise	ла гурмандиз
Мржња	la haine	ла хен
Част	l'honneur	л'онер
Срамота	la honte	ла хонт
Мисао	l'idée	л'иде
Незнање	l'ignorance	л'ињоранс
Несигурност	l'incertitude	л'енсертитид
Ревност	la jalousie	ла жалузи
Радост	la joie	ла жуа
Ниског, подлост	la lâcheté	ла лаште

Слобода	la liberté	ла либерте
Нечистоћа	la malpropreté	ла малпропрете
Злоћа	la méchanceté	ла мешансете
Оговарање	la médisance	ла медизанс
Лажа	le mensonge	ле мансонж
Презрење	le mépris	ле мепри
Скромност	la modestie	ла модести
Немарност	la négligence	ла неглижанс
Послушност	l'obéissance	л'обеисанс
Беспосличење, дангуба	l'oisiveté	л'уазивте
Гордост, охолост	l'orgueil	л'оргеј
Заборав	l'oubli	л'убли
Лењост	la paresse	ла парес
Страст	la passion	ла пасијон
Стрпљење	la patience	ла пасијанс
Брига, патња	la peine	ла пен
Мисао	la pensée	ла пансе
Страх	la peur	ла пер
Сажаљење	la pitié	ла питије
Задовољство	le plaisir	ле плезир
Учтивост	la politesse	ла политес

Чистоћа	la propreté	ла пропрете
Обазривост	la prudence	ла приданс
Стидљивост	la pudeur	ла пидер
Разум	la raison	ла резон
Пизма, мржња	la rancune	ла ранкин
Кајање, грижа савести	le remords	ле ремор
Покајање	le repentir	ле репантир
Мудрост	la sagesse	ла сажес
Наука	la science	ла сијанс
Простота	la simplicité	ла семплисите
Брига, нега	le soin	ле суен
Глупост	la sottise	ла сотиз
Жеља	le souhait	ле суе
Сумња	le soupçon	ле супсон
Будалаштина	la stupidité	ла стипидите
Тактичност	le tact	ле такт
Стидљивост	la timidité	ла тимидите
Жалост, сета	la tristesse	ла тристес
Освета	la vengeance	ла ванжанс
Истина	la vérité	ла верите
Вола	la volonté	ла волонте

Бројеви	**Nombres**	**номбр**
Један	un	ан
Два	deux	де
Три	trois	труа
Четири	quatre	катр
Пет	cinq	сенк
Шест	six	сис
Седам	sept	сет
Осам	huit	ит
Девет	neuf	неф
Десет	dix	дис
Једанаест	onze	онз
Дванаест	douze	дуз
Тринаест	treize	трез
Четрнаест	quatorze	каторз
Петнаест	quinze	кенз
шеснаест	seize	сез
седамнаест	dix-sept	ди-сет
осамнаест	dix-huit	ди-з-ит
деветнаест	dix-neuf	диз-неф

двадест	vingt	вен
двадест и један	vingt-et-un	вен-т-е ан
тридест	trente	трант
четрдесет	quarante	карант
педесет	cinquante	сенкант
шездесет	soixante	суасант
седамдесет	soixante-dix	суасант-дис
осамдесет	quatre-vingt	катр-вен
деведесет	quatre-vingt-dix	катр-вен-дис
сто	cent	сен
сто и један	cent-un	сан-ан
двеста	deux cent	де сан
триста	trois cent	труа сан
четири стотине	quatre cent	катр сан
хиљада	mille	мил
милион	million	милион

прости	simple	семпл
Двоструки	double	дубл
троструки	triple	трипл
четвороструки	quadruple	кадрипл

један пут	une fois	ин фуа
два пут	deux fois	де фуа
три пут	trois fois	труа фуа
четири пут	quatre fois	катр фуа

Војнички изрази	**Termes militaires**	**терм милитер**
војска, армија	l'armée	л'арме
дивизија	la division	ла дивизијон
пук	le regiment	ле режиман
батаљон	le bataillon	ле батајон
чета	la compagnie	ла компањи
патрола	la patrouille	ла патруј
војник	le soldat	ле солда
српски војник	le soldat serbe	ле солда серб
руски	russe	рис
француски	français	франсе
енглески	anglais	англе
италијански	italien	италијен
бугарски	bulgare	билгар
немачки	allemand	алман

аустријски	autrichien	отришијен
грчки	grec	грек
каплар	le caporal	ле капорал
подофицир	le sous-officier	ле су-з-офисије
официр	l'officier	л'офисије
ђенерал	le général	ле женерал
врховни штаб	l'état-major général	л'ета-мажор женерал
пушка	le fusil	ле физи
топ	le canon	ле канон
пољски топ	le canon de campagne	ле канон де кампањ
брзометни	à tir rapide	а тир рапид
тешки	lourd	лур
бајонет	la baïonnette	ла бајонет
митраљез	la mitrailleuse	ла митрајез
фишек	la balle	ла бал
барут	la poudre	ла пудр
шанац	la tranchée	ла трање
жица	le fil de fer	ле фил де фер
рана	la blessure	ла блесир
завој	le pansement	ле пансман
крв	le sang	ле сан

зауставити крв	arrêter le sang	арете ле сан
крволитња	l'hémorrhagie	л'еморажи
ход	la marche	ла марш
вежба	l'exercice	л'егзерсис
одати почаст	rendre les honneurs	рандр ле-з-онер
поздрав	salut	сали

Религија	**La religion**	**ла религжион**
Бог	Dieu	дие
Сабор	le concile	ле консил
Црква	l'église	л'еглиз
Алтар	l'autel	л'отел
Катедра (говорница)	la chaire	ла шер
Капела	la chapelle	ла шапел
Кандило	l'encensoir	л'ансансуар
Света трпеза	la sainte table	ла сент табл
Јеванђеље	l'évangile	л'еванжил
Богослужење	la messe	ла мес
Св. тајна	le mystère	ле мистер
Богородица	la sainte vierge	ла сент вијерж
Свеци	les saints	ле сен
Ангели	les anges	ле-з-анж
Храм	le temple	ле тампл
Вечерња	les vêpres	ле вепр
Божество	la divinité	ла дивините
Хор	le chœur	ле кер
Вера	la Foi	ла фуа

6

Пакао	l'enfer	л'анфер
Рај	le paradis	ле паради
Парохија	la paroisse	ла паруас
Храм	le temple	ле тампл
Синагога	la synagogue	ла синагог

Пољопривреда	**L'agriculture**	**л'агрикилтир**
Земљорадник	le cultivateur	ле килтиватер
Вртар	le jardinier	ле жардинијe
Пастир	le berger	ле берже
Орач	le laboureur	ле лабурер
Млекаџија	le laitier	ле летије
Жњетварица	la moissonneuse	ла моусонез
Сељак	le paysan	ле пејзан
Говедар	le vacher	ле ваше
Тор	l'enclos	л'анкло

Рало, плуг	la charrue	ла шари
Јарам	le joug	ле жуг
Раоник	le socle	ле сокл

Орање	le champ labouré	ле шан лабуре
Орати	labourer	лабуре
Дрљача	la herse	ла херс
Копати	bêcher	беше
Мотика	la bêche	ла беш
Ашов	la pioche	ла пијош
Лопата	la pèle	ла пел
Жети	moissonner	муасоне
Жетва	la moisson	ла муасон
Срп	la faucille	ла фосиј
Сноп	la gerbe	ла жерб
Крстина, копа	la meule	ла мел
Жито	le blé	ле бле
Клас	l'épi	л'епи
Зрно	la graine	ла грен
Трава	l'herbe	л'ерб
Сено	le foin	ле фуен
Отава	le regain	ле реген
Детелина	le trèfle	ле трефл
Коса	la faux	ла фо
Вила	la fourche	ла фурш

Грабуља	le rateau	ле рато
Пластити (грабуљати)	ratisser	ратисе
Пласт	la meule	ла мел

Гнојити њиву	fumer un champ	фиме ле шам
Калем	la greffe	ла греф
Калемити	greffer	грефе
Сејати	semer	семе
Семе	la semence	ла семанс

Примерак писама

1) Позивница

Господине,

Били бисмо веома срећни, моја жена и ја, кад бисте били на вечеру (или на ручак) у уторак.

Имаћемо исто тако нашег пријатеља X. којег ви већ познајете.

Остајући у пријатној нади да ћемо вас видети, верујте, Господине, у изјаву мојих најбољих осећаја

Д.

Госпођо,

Ми идемо вечерас, са неким пријатељима у позориште...

Моја жена мисли да ће нас све овеселити ваше љубазно присутство, те вас

Manuel épistolaire

1) Invitation

Monsieur,

Nous serions très heureux, ma femme et moi, de vous avoir à diner (ou à déjeuner) mardi. Nous aurons aussi notre ami X., que vous connaissez déjà.

En attendant le plaisir de vous voir, croyez, monsieur, à l'expression de mes meilleurs sentiments.

D.

Madame,

Nous allons ce soir avec des amis au théâtre de ... Ma femme a pensé que votre aimable présence nous réjouirait tous et nous vous prions de venir occuper une place qui

молимо да дођете и заузмете место које вам је опредељено у нашој ложи број…

Надамо се повољном одговору, и верујте, госпођо, у изјаву мог најискренијег поштовања.

Д.

2) Пристанак

Господине,

Хитам да одговорим на ваш тако љубазан позив. Бићу срећан да се нађем са вашим пријатељем X., којег ја много уважавам. Молим вас да изјавите Г-ђи Д. моје најискреније поштовање и примите, Господине, мој одлични поздрав.

Д.

Госпођо,

Одвећ сам дирнут вашим љубазним позивом. Бићу срећан да вам и том при-

vous est destinée dans notre loge n°...

Nous espérons avoir une bonne réponse. Croyez, madame, à l'expression de mon plus profond respect.

D.

2) L'Acceptation

Monsieur,

Je m'empresse de répondre à votre si aimable invitation. Je serai heureux de rencontrer votre ami X... que j'estime beaucoup. Je vous prie de présenter à Mme D... mes hommages les plus sincères.

Croyez, monsieur, à mon meilleur souvenir.

D.

Madame,

Je suis extrêment sensible à votre si aimable invitation. Je serai heureux de m'y

ликом изјавим моју највећу захвалност и моје најдубље поштовање.

Д.

rendre et de vous exprimer encore une fois ma plus grande gratitude et mon plus profond respect. D.

Госпођице,

Велика хвала што сте ме се сетиле. Бићу срећан да вас видим и верујте у моја најсрдачнија осећања.

Д.

Mademoiselle,

Je vous remercie beaucoup d'avoir pensé à moi. Je serai heureux de me rendre à votre si aimable invitation et vous prie de croire à mes sentiments les meilleurs. D.

---

3) Отказ

3) Le Refus

Господине,

Жао ми је што се не могу повољно одазвати вашем љубазном позиву. Ево већ неколико дана како сам позват код Г'ђе... Надам се да ћу имати мало слободног времена идуће недеље и доћи те да вам лично изјавим моју искрену благодарност.

Д.

Monsieur,

Je suis désolé de ne pouvoir me rendre à votre si aimable invitation. Je suis invité depuis quelques jours déjà chez Mme .... J'espère avoir un peu de temps libre la semaine prochaine pour venir vous exprimer de vive voix ma sincère gratitude.

D.

Госпођо,	Madame,
Нека изненадна слабост ме лишава радости и велике части да проведем ово вече са вами.	Une indisposition subite me prive de la joie et de l'honneur de passer la soirée près de vous.
Молим вас да ме извините и примите изјаву мог понизног поштовања.	Je vous prie de croire à tous mes regrets et de recevoir l'expression de mes respectueux hommages.
Д.	D.

Госпођице,	Mademoiselle,
Опростите ми што се не могу повољно одазвати вашем лубазном позиву, мој посао ми не даје ни једног слободног момента после подне.	Excusez-moi de ne pouvoir me rendre à votre aimable invitation, mes occupations ne me laissant pas un instant de libre dans l'après-midi.
Много би ми мило било да вас поново чујем, јер сам сачувао незаборавну успомену о вашем изврсном таленту.	J'aurais eu un grand plaisir à vous entendre de nouveau car j'ai conservé un inoubliable souvenir de votre beau talent.
Чим будем слободан одмах ћу доћи да вам лично кажем моју благодарност.	Dès que je serai libre, j'irai vous dire de vive voix ma reconnaissance.
Госпођи мајци, молим, да изјавите	Veuillez présenter à Madame votre mère

моје најучтивије поштовање, и да верујете, Госпођице, у моје дубоко уважење.

Д.

mes respectueux hommages et croire, mademoiselle, à mon profond respect.

D.

Честитке

1) За веридбу

Господине, или

Госпођице,

Дозволите ми да вам изјавим, са најсрдачнијом честитком за вас и вашег (вашу) вереника (-цу), моје најтоплије желе за вашу срећу.

Д.

Félicitations

1) pour les fiançailles

Monsieur

ou Mademoiselle,

Permettez-moi de vous envoyer avec mes vives félicitations pour vous et votre fiancé (cée) mes plus sincères vœux de bonheur.

D.

2) За Венчање

Господине, или

Госпођо,

Жао ми је што нисам могао присутствовати на вашем венчању, где бих био

2) pour le mariage

Monsieur

ou Madame,

Je regrette vivement de n'avoir pu assister à la cérémonie où j'aurais été heureux de

срећан да вам изјавим све жеље мога срца за вашу срећу. Д.

vous présenter moi-même tous les vœux que je forme pour votre bonheur. D.

---

3) За рођење

3) pour la naissance

Господине, или
Госпођо,

Чујем са радошћу срећно рођене малог X... и шаљем вам, са најтоплијим жељама, најискреније честитање.

Д.

Monsieur
ou Madame,

J'apprends avec grand plaisir l'heureuse naissance du petit X..., et je vous adresse, avec mes meilleurs vœux, mes sincères félicitations. D.

Саучешће

Condoléances

Госпођо,

Са великим болом чујем тужну вест, и из свега срца суделујем у вашој тузи.

Молим вас да примите, са великим поштовањем, израз моје дубоке симпатије.

Д.

Madame,

J'apprends avec beaucoup de peine la triste nouvelle, et je tiens à vous dire toute la part que je prends à votre chagrin.

Recevez, je vous prie, avec mes respectueux hommages, l'expression de ma profonde sympathie. D.

Главни неправилни глаголи

Les principaux verbes irréguliers

ALLER — ИЋИ:

Indicatif présent — Садашње вр.

Je vais	ја идем
Tu vas	ти идеш
Il va	он иде
Nous allons	ми идемо
Vous allez	ви идете
Ils vont	они иду

Futur — Будуће вр.

J'irai	ићи ћу
Tu iras	ићи ћеш
Il ira	ићи ће
Nous irons	ићи ћемо
Vous irez	ићи ћете
Ils iront	ићи ће

Passé Indéfini — Прошло вр.

Je suis allé	ја сам ишао
Tu es allé	ти си ишао
Il est allé	он је ишао
Nous sommes allés	ми смо ишли
Vous êtes allés	ви сте ишли
Ils sont allés	они су ишли

Impératif — Запов. начин

Va, (vas-y)	иди
Allons	идимо
Allez	идите

Participe passé — Прилог вр. пр.

Allé, allée	ишао ишла

S'ASSEOIR — СЕСТИ

Indicatif présent — Садашње вр.

Je m'assieds	ја седим
Tu t'assieds	ти седиш
Il s'assied	он седи
Nous nous asseyons	ми седимо
Vous vous asseyez	ви седите
Ils s'asseyent	они седе

(или се може рећи)

Je m'assois	Nous nous asseyons
Tu t'assois	Vous vous asseyez
Il s'assoit	Ils s'assoient.

Passé indéfini — Прошло вр.

Je me suis assis	ја сам сео
Tu t'es assis	ти си сео
Il s'est assis	он је сео
Nous nous sommes assis	ми смо сели
Vous vous êtes assis	ви сте сели
Ils se sont assis	они су сели

Futur — Будуће вр.

Je m'assiérai	сешћу
Tu t'assiéras	сешћеш
Il s'assiéra	сешће
Nous nous assiérons	сешћемо
Vous vous assiérez	сесшете
Ils s'assiéront	сешће

Impératif — Запов. начин

Assieds-toi	седи
Asseyons-nous	седимо
Asseyez-vous	седите

Participe passé — Прилог вр.

Assis, assise	сео, села седнут, седнута

BATTRE — БИТИ (УДАРАТИ)

Indicatif présent — Садашње вр.

Je bats	ja бијем
Tu bats	ти бијеш
Il bat	он бије
Nous battons	ми бијемо
Vous battez	ви бијете
Ils battent	они бију

Passé indéfini — Прошло вр.

J'ai battu	ja сам био
Tu as battu	ти си био
Il a battu	он je био
Nous avons battu	ми смо били
Vous avez battu	ви сте били
Ils ont battu	они су били

Futur — Будуће вр.

Je battrai	бићу (ударaћу)
Tu battras	бићеш
Il battra	биће
Nous battrons	бићемо
Vous battrez	бићете
Ils battront	биће

Impératif — Залог. начин

Bats	биј, (удри)
Battons	бијмо
Battez	бијте

Participe passé — Прилог вр. прошлог

Battu, battue	био, била (ударао, ударала) бивен, бивена

BOIRE — ПИТИ

Indicatif présent — Садашње вр.

Je bois	ја пијем
Tu bois	ти пијеш
Il boit	он пије
Nous buvons	ми пијемо
Vous buvez	ви пијете
Ils boivent	они пију

Passé indéfini — Прошло вр.

J'ai bu	ја сам пио
Tu as bu	ти си пио
Il a bu	он је пио
Nous avons bu	ми смо пили
Vous avez bu	ви сте пили
Ils ont bu	они су пили

Futur — Будуће вр.

Je boirai	пиһу
Tu boiras	пиһеш
Il boira	пиһе
Nous boirons	пиһемо
Vous boirez	пиһете
Ils boiront	пиһе

Impératif — Запов. начин

Bois	пиј
Buvons	пијмо
Buvez	пијте

Participe passé — Прилог. вр. прошлог

Bu, bue	пио, пила, пијен, пијена

COUDRE — ШИТИ

Indicatif présent — Садашње вр.

Je couds	ja шијем
Tu couds	ти шијеш
Il coud	он шије
Nous cousons	ми шијемо
Vous cousez	ви шијете
Ils cousent	они шију

Passé indéfini — Прошло вр.

J'ai cousu	ja сам шио
Tu as cousu	ти си шио
Il a cousu	он je шио
Nous avons cousu	ми смо шили
Vous avez cousu	ви сте шили
Ils ont cousu	они су шили

Futur — Будуће вр.

Je coudrai	шићу
Tu coudras	шићеш
Il coudra	шиће
Nous coudrons	шићемо
Vous coudrez	шићете
Ils coudront	шиће

Impératif — Запов. начин

Couds	шиј
Cousons	шијмо
Cousez	шијте

Participe passé — Прилог вр. прошлог

Cousu, cousue.	шио, шила, шивен, шивена

COURIR — ТРЧАТИ

Indicatif présent — Садашње вр.

Je cours	ја трчим
Tu cours	ти трчиш
Il court	он трчи
Nous courons	ми трчимо
Vous courez	ви трчите
Ils courent	они трче

Futur — Будуће вр.

Je courrai	трчаћу
Tu courras	трчаћеш
Il courra	трчаће
Nous courrons	трчаћемо
Vous courrez	трчаћете
Ils courront	трчаће

Passé indéfini — Прошло вр.

J'ai couru	ја сам трчао
Tu as couru	ти си трчао
Il a couru	он је трчао
Nous avons couru	ми смо трчали
Vous avez couru	ви сте трчали
Ils ont couru	они су трчали

Impératif — Запов. начин

Cours	трчи
Courons	трчимо
Courez	трчите

Participe passé — Прилог вр. пр.

Couru, courue	трчао, трчала

CRAINDRE — БОЈАТИ СЕ

Indicatif présent — Садашње вр.

Je crains	ја се бојим
Tu crains	ти се бојиш
Il craint	он се боји
Nous craignons	ми се бојимо
Vous craignez	ви се бојите
Ils craignent	они се боје

Futur — Будуће вр.

Je craindrai	бојаћу се
Tu craindras	бојаћеш се
Il craindra	бојаће се
Nous craindrons	бојаћемо се
Vous craindrez	бојаћете се
Ils craindront	бојаће се

Passé indéfini — Прошло вр.

J'ai craint	ја сам се бојао
Tu as craint	ти си се бојао
Il a craint	он се је бојао
Nous avons craint	ми смо се бојали
Vous avez craint	ви сте се бојали
Ils ont craint	они су се бојали

Impératif — Запов. начин

Crains	бој се
Craignons	бојмо се
Craignez	бојте се

Participe passé — Прилог вр. пр.

Craint, crainte	бојао се, бојала се

CROIRE — ВЕРОВАТИ

Indicatif présent — Садашње вр.

Je crois	ја верујем
Tu crois	ти верујеш
Il croit	он верује
Nous croyons	ми верујемо
Vous croyez	ви верујете
Ils croient	они верују

Passé indéfini — Прошло вр.

J'ai cru	ја сам веровао
Tu as cru	ти си веровао
Il a cru	он је веровао
Nous avons cru	ми смо веровали
Vous avez cru	ви сте веровали
Ils ont cru	они су веровали

Futur — Будуће вр.

Je croirai	вероваћу
Tu croiras	вероваћеш
Il croira	вероваће
Nous croirons	вероваћемо
Vous croirez	вероваћете
Ils croiront	вероваће

Impératif — Запов. начин

Crois	веруј
Croyons	верујмо
Croyez	верујте

Participe passé — Прилог вр. пр.

Cru, crue	веровао, веровала
	верован, верована

CUEILLIR — БРАТИ

Indicatif présent — Садашње вр.

Je cueille	ја берем
Tu cueilles	ти береш
Il cueille	он бере
Nous cueillons	ми беремо
Vous cueillez	ви берете
Ils cueillent	они беру

Futur — Будуће вр.

Je cueillerai	браћу
Tu cueilleras	браћеш
Il cueillera	браће
Nous cueillerons	браћемо
Vous cueillerez	браћете
Ils cueilleront	браће

Passé indéfini — Прошло вр.

J'ai cueilli	ја сам брао
Tu as cueilli	ти си брао
Il a cueilli	он је брао
Nous avons cueilli	ми смо брали
Vous avez cueilli	ви сте брали
Ils ont cueilli	они су брали

Impératif — Запов. начин

Cueille	бери
Cueillons	беримо
Cueillez	берите

Participe passé Прилог вр. пр.

Cueilli, cueillie брао, брала, бран, брата

DEVOIR — ДУГОВАТИ, (ТРЕБАТИ)

Indicatif présent — Садашње

Je dois	ја дугујем
Tu dois	и т. д.
Il doit	
Nous devons	ми дугујемо
Vous devez	и т. д.
Ils doivent	

Passé indéfini — Прошло

J'ai dû	ја сам дуговао
Tu as dû	ти си дуговао
Il a dû	он је дуговао
Nous avons dû	ми смо дуговали
Vous avez dû	ви сте дуговали
Ils ont dû	они су дуговали

Futur — Будуће

Je devrai	дуговаћу
Tu devras	дуговаћеш
Il devra	дуговаће
Nous devrons	дуговаћемо
Vous devrez	дуговаћете
Ils devront	дуговаће

Impératif — Запов. начин

Dois	дугуј
Devons	дугујмо
Devez	дугујте

Participe passé — Прилог вр. пр.

Dû (са сиркомфлексом) дуговао, дугован

DIRE — КАЗАТИ

Indicatif présent — Садашњо

Je dis	ja кажем
Tu dis	ти кажеш
Il dit	он каже
Nous disons	ми кажемо
Vous dites	ви кажете
Ils disent	они кажу

Passé indéfini — Прошло

J'ai dit	ja сам казао
Tu as dit	ти си казао
Il a dit	он je казао
Nous avons dit	ми смо казали
Vous avez dit	ви сте казали
Ils ont dit	они су казали

Futur — Будуће

Je dirai	казаћу
Tu diras	казаћеш
Il dira	казаће
Nous dirons	казаћемо
Vous direz	казаћете
Ils diront	казаће

Impératif — Запов. начин

Dis	кажи
Disons	кажемо
Dites	кажите

Participe passé — Прилог вр. пр.

Dit, dites	казао, казала, казан, казана

DORMIR — СПАВАТИ

Indicatif présent — Садашње		Futur — Будуће	
Je dors	ja спавам	Je dormirai	спаваћу
Tu dors	ти спаваш	Tu dormiras	спаваћеш
Il dort	он спава	Il dormira	спаваће
Nous dormons	ми спавамо	Nous dormirons	спаваћемо
Vous dormez	ви спавате	Vous dormirez	спаваћете
Ils dorment	они спавају	Ils dormiront	спаваће

Passé indéfini — Прошло		Impératif — Запов. начин	
J'ai dormi	ja сам спавао	Dors	спавај
Tu as dormi	ти си спавао	Dormons	спавајмо
Il a dormi	он je спавао	Dormez	спавајте
Nous avons dormi	ми смо спавали		
Vous avez dormi	ви сте спавали	**Participe passé Прилог вр. пр.**	
Ils ont dormi	они су спавали	Dormi	спавао, спаван

ÉCRIRE — ПИСАТИ

Indicatif présent — Садашње

J'écris	ja пишем
Tu écris	ти пишеш
Il écrit	он пише
Nous écrivons	ми пишемо
Vous écrivez	ви пишете
Ils écrivent	они пишу

Passé indéfini — Прошло

J'ai écrit	ja сам писао
Tu as écrit	ти си писао
Il a écrit	он je писао
Nous avons écrit	ми смо писали
Vous avez écrit	ви сте писали
Ils ont écrit	они су писали

Futur — Будуће

J'écrirai	писаћу
Tu écriras	писаћеш
Il écrira	писаће
Nous écrirons	писаћемо
Vous écrirez	писаћете
Ils écriront	писаће

Impératif — Запов. начин

Écris	пиши
Écrivons	пишимо
Écrivez	пишите

Participe passé — Прилог вр. пр.

Écrit, écrite	писао, писала
	писан, писана

ENVOYER — ПОСЛАТИ

Indicatif présent — Садашње

J'envoie	ја шаљем
Tu envoies	ти шаљеш
Il envoie	он шаље
Nous envoyons	ми шаљемо
Vous envoyez	ви шаљете
Ils envoient	они шаљу

Passé indéfini — Прошло

J'ai envoyé	ја сам послао
Tu as envoyé	ти си послао
Il a envoyé	он је послао
Nous avons envoyé	ми смо послали
Vous avez envoyé	ви сте послали
Ils ont envoyé	они су послали

Futur — Будуће

J'enverrai	послаћу
Tu enverras	послаћеш
Il enverra	послаће
Nous enverrons	послаћемо
Vous enverrez	послаћете
Ils enverront	послаће

Impératif — Залов. начин

Envoie	пошљи
Envoyons	пошљимо
Envoyez	пошљите

Participe passé — Прилог вр. пр.

Envoyé, envoyée	послао, послала
	послан, послана

FAIRE — ЧИНИТИ, РАДИТИ

Indicatif présent — Садашње

Je fais	ја чиним
Tu fais	ти чиниш
Il fait	он чини
Nous faisons	ми чинимо
Vous faites	ви чините
Ils font	они чине

Passé indéfini — Прошло

J'ai fait	чинио сам
Tu as fait	чинио си
Il a fait	чинио је
Nous avons fait	чинили смо
Vous avez fait	чинили сте
Ils ont fait	чинили су

Futur — Будуће

Je ferai	чинићу
Tu feras	чинићеш
Il fera	чиниће
Nous ferons	чинићемо
Vous ferez	чинићете
Ils feront	чиниће

Impératif — Запов. начин

Fais	чини
Faisons	чинимо
Faites	чините

Participe passé — Прилог вр. пр.

Fait, faite	чинио, чинила
	чињен, чињена

FALLOIR — ТРЕБАТИ (безлични глагол)

Indicatif présent — Садашње		**Futur — Будуће**	
Il faut	треба	Il faudra	требаће
Passé indéfini — Прошло		**Participe passé — Прилог вр. пр.**	
Il a fallu	требало је	Fallu	требао (без жен. р.)

HAÏR—МРЗЕТИ

Овај глагол се мења по облику 2-е врсте, т. ј. као глагол *finir*, и прима трему на ï у свим временима, изузев три прва лица једнине, садашњег времена, показног начина:

Je hais	ја мрзим
Tu hais	ти мрзиш
Il hait	мрзи
Nous haïssons	и т. д.

и друго лице једнине заповедног начина:

hais	мрзи

LIRE — ЧИТАТИ

Indicatif présent — Садашње

Je lis	читам
Tu lis	читаш
Il lit	чита
Nous lisons	читамо
Vous lisez	читате
Ils lisent	читају

Passé indéfini — Прошло

J'ai lu	читао сам
Tu as lu	читао си
Il a lu	читао је
Nous avons lu	читали смо
Vous avez lu	читали сте
Ils ont lu	читали су

Futur — Будуће

Je lirai	читаћу
Tu liras	читаћеш
Il lira	читаће
Nous lirons	читаћемо
Vous lirez	читаћете
Ils liront	читаће

Impératif — Запов. начин

Lis	читај
Lisons	читајмо
Lisez	читајте

Participe passé — Прилог вр. пр.

Lu, lue	читао, читала
	читан, читана

MENTIR — ЛАГАТИ

Indicatif présent — Садашње

Je mens	лажем
Tu mens	лажеш
Il ment	лаже
Nous mentons	лажемо
Vous mentez	лажете
Ils mentent	лажу

Passé indéfini — Прошло

J'ai menti	лагао сам
Tu as menti	лагао си
Il a menti	лагао је
Nous avons menti	лагао смо
Vous avez menti	лагао сте
Ils ont menti	лагао су

Futur — Будуће

Je mentirai	лагаћу
Tu mentiras	лагаћеш
Il mentira	лагаће
Nous mentirons	лагаћемо
Vous mentirez	лагаћете
Ils mentiront	лагаће

Impératif Запов. начин

Mens	лажи
Mentons	лажимо
Mentez	лажите

Participe passé — Прилог вр. пр.

Menti	лагао

METTRE — СТАВИТИ

Indicatif présent — Садашње

Je mets	стављам
Tu mets	стављаш
Il met	ставља
Nous mettons	стављамо
Vous mettez	стављате
Ils mettent	стављају

Passé indéfini — Прошло

J'ai mis	ставио сам
Tu as mis	ставио си
Il a mis	ставио је
Nous avons mis	ставили смо
Vous avez mis	ставили сте
Ils ont mis	ставили су

Futur — Будуће

Je mettrai	ставићу
Tu mettras	ставићеш
Il mettra	ставиће
Nous mettrons	ставићемо
Vous mettrez	ставићете
Ils mettront	ставиће

Impératif — Запов. начин

Mets	стави
Mettons	ставимо
Mettez	ставите

Participe passé — Прилог вр. пр.

mis, mise	ставио, ставила
	стављен, стављена

MOURIR — УМРЕТИ

Indicatif présent — Садашње вр.

Je meurs	ja умирем
Tu meurs	ти умиреш
Il meurt	он умире
Nous mourons	ми умиремо
Vous mourez	ви умирете
Ils meurent	они умиру

Futur — Будуће

Je mourrai	умрећу
Tu mourras	умрећеш
Il mourra	умреће
Nous mourrons	умрећемо
Vous mourrez	умрећете
Ils mourront	умреће

Passé indéfini — Прошл. вр.

Je suis mort	ja сам умро
Tu es mort	ти си умро
Il est mort	он je умро
Nous sommes morts	ми смо умрли
Vous êtes morts	ви сте умрли
Ils sont morts	они су умрли

Impératif — Запов. начин

Meurs	умри
Mourons	умримо
Mourez	умрите

Participe passé — Прилог вр. пр.

Mort, morte	умро, умрла

NAITRE — РОДИТИ СЕ

Indicatif présent — Садашње вр.

Je nais	ja ce рађам
Tu nais	ти ce рађаш
Il naît	он ce рађа
Nous naissons	ми ce рађамо
Vous naissez	ви ce рађате
Ils naissent	они ce рађају

Futur — Будуће вр.

Je naîtrai	родићу ce
Tu naîtras	родићеш ce
Il naîtra	родиће ce
Nous naîtrons	родићемо ce
Vous naîtrez	родићете ce
Ils naîtront	родиће ce

Passé indéfini — Прошло вр.

Je suis né	родио сам ce
Tu es né	родио си ce
Il est né	родио ce je
Nous sommes nés	родили смо ce
Vous êtes nés	родили сте ce
Ils sont nés	родили су ce

Impératif — Запов. начин

Nais	роди ce

Participe passé — Прилог вр. пр.

Né, née	родио ce, родила ce

OUVRIR — ОТВОРИТИ

Indicatif présent — Садашње вр.

J'ouvre	отварам
Tu ouvres	отвараш
Il ouvre	отвара
Nous ouvrons	отварамо
Vous ouvrez	отварате
Ils ouvrent	отварају

Futur — Будуће вр.

J'ouvrirai	отвориђу
Tu ouvriras	отворићеш
Il ouvrira	отвориће
Nous ouvrirons	отворићемо
Vous ouvrirez	отворићете
Ils ouvriront	отвориће

Passé indéfini — Прошло вр.

J'ai ouvert	отворио сам
Tu as ouvert	отворио си
Il a ouvert	отворио је
Nous avons ouvert	отворили смо
Vous avez ouvert	отворили сте
Ils ont ouvert	отворили су

Impératif — Запов. начин

Ouvre	отвори
Ouvrons	отворимо
Ouvrez	отворите

Participe passé — Прилог вр. пр.

ouvert, ouverte отворио,-ла, отворен,-на

(Овако се мењају и глаголи *couvrir* — покрити и *découvrir* — открити).

PARTIR — ПОЛАЗИТИ (ОТИЋИ)

Indicatif présent — Садашње вр.

Je pars	полазим
Tu pars	полазиш
Il part	полази
Nous partons	полазимо
Vous partez	полазите
Ils partent	полази

Passé indéfini — Прошло вр.

Je suis parti	отишао сам
Tu es parti	отишао си
Il est parti	отишао је
Nous sommes partis	отишли смо
Vous êtes partis	отишли сте
Ils sont partis	отишли су

Futur — Будуће вр.

Je partirai	поћи ћу
Tu partiras	поћи ћеш
Il partira	поћи ће
Nous partirons	поћи ћемо
Vous partirez	поћи ћете
Ils partiront	поћи ће

Impératif — Запов. начин

Pars	полази
Partons	полазимо
Partez	полазите

Participe passé — Прилог пр. вр.

Parti, partie	отишао, отишла

PEINDRE — СЛИКАТИ (БОЈАТИ)

Indicatif présent — Садашње вр.

Je peins	сликам (бојам)
Tu peins	сликаш
Il peint	слика
Nous peignons	сликамо
Vous peignez	сликате
Ils peignent	сликају

Futur — Будуће вр.

Je peindrai	сликаћу
Tu peindras	сликаћеш
Il peindra	сликаће
Nous peindrons	сликаћемо
Vous peindrez	сликаћете
Ils peindront	сликаће

Passé indéfini — Прошло вр.

J'ai peint	ја сам сликао
Tu as peint	ти си сликао
Il a peint	он је сликао
Nous avons peint	ми смо сликали
Vous avez peint	ви сте сликали
Ils ont peint	они су сликали

Impératif — Запов. начин

Peins	сликај
Peignons	сликајмо
Peignez	сликајте

Participe passé — Прилог вр. пр.

Peint, peinte	сликао,-ла, сликан,-на

POUVOIR — МОЋИ

Indicatif présent — Садашње вр.

Je peux (ou je puis)	могу
Tu peux	можеш
Il peut	може
Nous pouvons	можемо
Vous pouvez	можете
Ils peuvent	могу

Passé indéfini — Прошло вр.

J'ai pu	могао сам
Tu as pu	могао си
Il a pu	могао је
Nous avons pu	могли смо
Vous avez pu	могли сте
Ils ont pu	могли су

Futur — Будуће вр.

Je pourrai	моћи ћу
Tu pourras	моћи ћеш
Il pourra	моћи ће
Nous pourrons	моћи ћемо
Vous pourrez	моћи ћете
Ils pourront	моћи ће

Pas d'Impératif — Нема запов. начина

Participe passé — Прилог вр. пр.

Pu (sans féminin) могао (без ж. рода)

PREDRE — УЗЕТИ

Indicatif présent — Садашње

Je prends	узимљем
Tu prends	узимљеш
Il prend	узимље
Nous prenons	узимљемо
Vous prenez	узимљете
Ils prennent	узимљу

Passé indéfini — Прошло

J'ai pris	ја сам узео
Tu as pris	ти си узео
Il a pris	он је узео
Nous avons pris	ми смо узели
Vous avez pris	ви сте узели
Ils ont pris	они су узели

Futur — Будуће

Je prendrai	узећу
Tu prendras	узећеш
Il prendra	узеће
Nous prendrons	узећемо
Vous prendrez	узећете
Ils prendront	узеће

Impératif — Запов. начин

Prends	узми
Prenons	узмимо
Prenez	узмите

Participe passé — Прилог вр. пр.

Pris, prise	узео, узела
	узет, узета

RIRE — СМЕЈАТИ СЕ

Indicatif présent — Садашње

Je ris	смејем се
Tu ris	смејеш се
Il rit	смеје се
Nous rions	смејемо се
Vous riez	смејете се
Ils rient	смеју се

Passé indéfini — Прошло

J'ai ri	смејао сам се
Tu as ri	смејао си се
Il a ri	смејао се је
Nous avons ri	смејали смо се
Vous avez ri	смејали сте се
Ils ont ri	смејали су се

Futur — Будуће

Je rirai	смејаћу се
Tu riras	смејаћеш се
Il rira	смејаће се
Nous rirons	смејаћемо се
Vous rirez	смејаћете се
Ils riront	смејаће се

Impératif — Запов. начин

Ris	смеј се
Rions	смејмо се
Riez	смејте се

Participe passé — Прилог вр. пр.

Ri (без женског рода) смејао се

SAVOIR — ЗНАТИ

Indicatif présent — Садашњ

Je sais	знам
Tu sais	знаш
Il sait	зна
Nous savons	знамо
Vous savez	знате
Ils savent	знају

Passé indéfini — Прошло

J'ai su	знао сам
Tu as su	зао си
Il a su	знао је
Nous avons su	знали смо
Vous avez su	знали сте
Ils ont su	знали су

Futur — Будуће

Je saurai	знаћу
Tu sauras	знаћеш
Il saura	знаће
Nous saurons	знаћемо
Vous saurez	знаћете
Ils sauront	знаће

Impératif — Запов. начин

Sache	знај, знади
Sachons	знајмо
Sachez	знајте

Participe passé — Прилог вр. пр.

Su, sue.	знао, знала
	знат, зната

SENTIR — OСЕЋАТИ

Indicatif présent — Садашње

Je sens	осећам
Tu sens	осећаш
Il sent	осећа
Nous sentons	осећамо
Vous sentez	осећате
Ils sentent	осећају

Passé indéfini — Прошло

J'ai senti	осећао сам
Tu as senti	осећао си
Il a senti	осећао је
Nous avons senti	осећали смо
Vous avez senti	осећали сте
Ils ont senti	осећали су

Futur — Будуће

Je sentirai	осећаћу
Tu sentiras	осећаћеш
Il sentira	осећаће
Nous sentirons	осећаћемо
Vous sentirez	осећаћете
Ils sentiront	осећаће

Impératif — Запов. начин

Sens	осећај
Sentons	осећајмо
Sentez	осећајте

Participe passé — Прилог вр. пр.

Senti, Sentie	осећао, осећала
	осећен, осећена

SERVIR — СЛУЖИТИ

Indicatif présent — Садашње

Je sers	служим
Tu sers	служиш
Il sert	служи
Nous servons	служимо
Vous servez	служите
Ils servent	служе

Passé indéfini — Прошло

J'ai servi	служио сам
Tu as servi	тлужио си
Il a servi	служио је
Nous avons servi	служили смо
Vous avez servi	служили сте
Ils ont servi	слулили су

Futur — Будуће

Je servirai	служићу
Tu serviras	служићеш
Il servira	служиће
Vous servirons	служићемо
Nous servirez	служићете
Ils serviront	служиће

Impératif — Запов. начин

Sers	служи
Servons	служимо
Servez	служите

Participe passé — Прилог вр. пр.

Servi, servie	служио, служила, служен, служена

SORTIR — ИЗАЋИ

Indicatif présent — Садашње вр.

Je sors	излазим
Tu sors	излазиш
Il sort	излази
Nous sortons	излазимо
Vous sortez	излазите
Ils sortent	излазе

Futur — Будуће вр.

Je sortirai	изаћи ћу
Tu sortiras	изаћи ћеш
Il sortira	изаћи ће
Nous sortirons	изаћи ћемо
Vous sortirez	изаћи ћете
Ils sortiront	изаћи ће

Passé indéfini — Прошло вр.

Je suis sorti	изашао сам
Tu es sorti	изашао си
Il est sorti	изашао је
Nous sommes sortis	изашли смо
Vous êtes sortis	изашли сте
Ils sont sortis	изашли су

Impératif — Запов. начин

Sors	изађи
Sortons	изађимо
Sortez	изађите

Participe passé — Прилог пр. вр.

Sorti, sorte	изашао, изашла

TENIR — ДРЖАТИ

Indicatif présent — Садашње

Je tiens	држим
Tu tiens	држиш
Il tient	држи
Nous tenons	држимо
Vous tenez	држите
Ils tiennent	држе

Passé indéfini — Прошло

J'ai tenu	држао сам
Tu as tenu	држао си
Il a tenu	држао је
Nous avons tenu	држали смо
Vous avez tenu	држали сте
Ils ont tenu	држали су

Futur — Будуће

Je tiendrai	држаћу
Tu tiendras	држаћеш
Il tiendra	држаће
Nous tiendrons	држаћемо
Vous tiendrez	држаћете
Ils tiendront	држаће

Impératif — Запов. начин

Tiens	држи
Tenons	држимо
Tenez	држите

Participe passé — Прилог вр. пр.

Tenu, tenue	држао, држала, држан, држана

TRAIRE — МУЗТИ

Indicatif présent — Садашње

Je trais	музем
Tu trais	музеш
Il trait	музе
Nous trayons	музем
Vous trayez	музете
Ils trayent	музу

Futur — Будуће

Je trairai	музћу
Tu trairas	музћеш
Il traira	музће
Nous trairons	музћемо
Vous trairez	музћете
Ils trairont	музће

Passé indéfini — Прошло

J'ai trait	музао сам
Tu as trait	музао си
Il a trait	музао је
Nous avons trait	музли смо
Vous avez trait	музли сте
Ils ont trait	музли су

Impératif — Запов. начин

Trais	музи
Trayons	музимо
Trayez	музите

Participe passé — Прилог вр. пр.

Trait, Traite	музао, музла

VAINCRE—ПОБЕДИТИ

Indicatif présent — Садашње

Je vaincs	побеђујем
Tu vaincs	побеђујеш
Il vainc	побеђује
Nous vainquons	побеђујемо
Vous vainquez	побеђујете
Ils vainquent	побеђују

Passé indéfini — Прошло

J'ai vaincu	победио сам
Tu as vaincu	победио си
Il a vaincu	победио je
Nous avons vaincu	победили смо
Vous avez vaincu	победили сте
Ils ont vaincu	победили су

Futur — Будуће

Je vaincrai	победићу
Tu vaincras	победићеш
Il vaincra	победиће
Nous vaincrons	победићемо
Vous vaincrez	победићете
Ils vaincront	победиће

Impératif — Запов. начин

Vaincs	победи
Vainquons	победимо
Vainquez	победите

Participe passé — Прилог вр. пр.

Vaincu, vaincue	победио, победила, побеђен, побеђена

VIVRE — ЖИВЕТИ

Indicatif présent — Садашње

Je vis	живим
Tu vis	живиш
Il vit	живи
Nous vivons	живемо
Vous vivez	живите
Ils vivent	живе

Passé indéfini — Прошло

J'ai vécu	живео сам
Tu as vécu	живео си
Il a vécu	живео je
Nous avons vécu	живели смо
Vous avez vécu	живели сте
Ils ont vécu	живели су

Futur — Будуће

Je vivrai	живећу
Tu vivras	живећеш
Il vivra	живеће
Nous vivrons	живећемо
Vous vivrez	живећете
Ils vivront	живеће

Impératif — Запов. начин

Vis	живи
Vivons	живимо
Vivez	живите

Participe passé — Прилог вр. пр.

Vécu (непроменљив)	живао, живела, живело

VOIR — ВИДЕТИ

Indicatif présent — Садашње вр.

Je vois	видем
Tu vois	видиш
Il voit	види
Nous voyons	видимо
Vous voyez	видите
Ils voient	виде

Passé indéfini — Прошло вр.

J'ai vu	видео сам
Tu as vu	видео си
Il a vu	видео je
Nous avons vu	видели смо
Vous avez vu	видели сте
Ils ont vu	видели су

Futur — Будуће вр.

Je verrai	видећу
Tu verra	видећеш
Il verras	видеће
Nous verrons	видећемо
Vous verrez	видећете
Ils verrons	видеће

Impératif — Запов. начин

Vois	види
Voyons	видимо
Voyez	видите

Participe passé — Прилог пр. вр.

Vu, vue	видео, видела виђн, виђена

VOULOIR — ХТЕТИ

Indicatif présent — Садашње вр.

Je veux	хоћу
Tu veux	хоћеш
Il veut	хоће
Nous voulons	хоћемо
Vous voulez	хоћете
Ils veulent	хоће

Passé indéfini — Прошло вр.

J'ai voulu	хтео сам
Tu as voulu	хтео си
Il a voulu	хтео је
Nous avons voulu	хтели смо
Vous avez voulu	хтели сте
Ils ont voulu	хтели су

Futur — Будуће вр.

Je voudrai	хтећу
Tu voudras	хтећеш
Il voudra	хтеће
Nous voudrons	хтећемо
Vous voudrez	хтећете
Ils voudront	хтеће

Impératif — Запов. начин

Veuille	хтедни
Veuillons	хтеднимо
Veuillez	хтедните

Participe passé — Прилог пр. вр.

Voulu, voulue	хтео, хтела

Imprimerie „Union" 48, Bd Saint-Jacques, Paris

www.ingramcontent.com/pod-product-compliance
Lightning Source LLC
LaVergne TN
LVHW012016220826
846092LV00001B/369

* 9 7 8 2 3 2 9 7 5 7 7 5 9 *